文景

Horizon

社科新知　文艺新潮

社科新知　文艺新潮

Prayers for the Stolen

Jennifer Clement

兔子洞女孩

[墨西哥] 詹妮弗·克莱门特——著
焦晓菊——译

上海人民出版社

献给理查德和西尔维亚

I

1

现在我们要把你弄得丑丑的，我妈说。她吹了一声口哨。她的嘴离我太近，唾沫星子都喷到我脖子上了。我能够闻到里面的啤酒味。在镜子里，我望着她手里那块木炭在我脸上移动。这日子可真难熬，她低声说。

那是我人生的最初记忆。她举着一面破裂的旧镜子靠近我的脸。那时我肯定只有五岁左右。镜子上的裂缝让我的脸看起来好像破成了两片。身为女孩子，在墨西哥，模样丑陋是不幸中的大幸。

我叫蕾蒂戴·加西亚·马蒂内斯，我有棕色的皮肤，棕色的眼睛和棕色的卷发，跟我认识的所有人看起来都差不多。小时候，我妈把我打扮成男孩，还给我起了个男孩的名字。

我跟大家说我生的是个男孩，她说。

如果我是女孩，我就会被人抢走。只要毒品贩子听说周围哪有漂亮女孩，他们就会开着黑色的凯迪拉克凯雷德，风驰电掣地来到我们的土地上，把那女孩带走。

在电视上，我看到女孩子们都打扮得漂漂亮亮的，把头发梳成小辫，扎上粉色蝴蝶结，或者化妆，但这种事从不会在我家出现。

也许我该把你的牙敲掉，我妈说。

随着我渐渐长大，我会把自己雪白的牙齿抹得黄不拉叽或黑不溜秋的，看起来就像烂掉了一样。

再没有比一个脏兮兮的嘴巴更让人恶心的了，我妈说。

在地上挖洞的主意，是葆拉的妈妈想出来的。她家就在我们对面，她们有一所独立的小房子和一片木瓜林。

我妈说，格雷罗州[1]已经变成个兔子窝，到处都有给少女们藏身的地洞。

一旦有人听到SUV车靠近的声音，或者远远地看见一

---

[1] Guerrero，墨西哥南部的一个州，南临太平洋。除沿海为狭窄平原外，多山地。——中译注，下同

个或两三个小黑点，所有的女孩都会朝那些地洞跑去。

这就是格雷罗州的生活。这片炎热的土地上生长着橡胶树，还有各种类型的蛇、鬣蜥和蝎子，那些蝎子要么是浅黄色的，要么是半透明的，很难被人发觉，这会要人的命。我们确信，格雷罗的蜘蛛比别处都要多，蚂蚁也是。那些红蚂蚁会让我们的胳膊肿胀起来，肿得跟大腿一般粗。

这就是我们的家乡，我们为自己是全世界最愤怒、最刻薄的人而自豪，我妈说。

我出生后，我妈对邻居和市场上的人说她生了个男孩。

感谢上帝，生的是个男孩！她说。

是的，感谢上帝和圣母马利亚，人人都这么回答，但彼此心照不宣。在我们的山里，只会出生男孩，不过其中一些到十一岁时会变成女孩。然后这部分男孩又不得不变成丑女，有时还不得不藏在“兔子洞”中。

我们就像野兔一样，每当有饥饿的流浪狗来到地里，野兔就会赶紧躲起来，那狗馋得都没法合上自己的嘴巴了，它已经尝到兔毛的味儿。一旦有只野兔猛蹬一下后腿飞跃而去，这个危险信号就会在周围传开，惊动四周的其他兔子。但在我们这一带，却不可能发出类似的警报，因为大家的住所都很分散，彼此相距太远。不过我们时时刻刻都在留神观察，学着倾听那些从老远的地方传来的声音。我妈会低着头，闭上眼睛，全神贯注地倾听汽车引擎的声音，或者汽车靠近时惊起的鸟儿或小动物的动静。

她们没一个回来。那些被抢走的女孩从没有一个回家，甚至连封信也不写，我妈说，连封信也没有。她们全都这样，只有葆拉除外。她在被带走一年后回来了。

从她妈妈口中，我们一遍又一遍地听到葆拉是怎样被抢走的。直到有一天，葆拉步行回到家里。她的耳朵上有七个耳钉，顺着她左耳弯曲的边缘，那些蓝色、黄色和绿色的耳钉排成一条线，她的一只手腕上文着扭曲如蛇的几个字：食人狂的宝贝。

葆拉就那样从公路上走下来，顺着那条土路朝她家的房子走去。她走得很慢，低着头，就仿佛她是跟着一连串直接通向她家的石子儿走了回来。

不对，我妈说，她不是跟着石子儿走，这丫头是嗅着她妈妈的气味回的家。

葆拉走进自己的房间，躺在她的床上，床铺上还摆着几只毛绒玩具。葆拉对自己的遭遇只字不提。我们只知道葆拉的妈妈用一只奶瓶给她喂吃的，她妈妈真的把她当作婴儿一样抱在怀里，在她嘴里塞个奶瓶。那时葆拉已经十五岁，我当时十四岁。她妈妈还给她买嘉宝婴儿食品，用一只白色的塑料小勺子直接喂到她嘴里，那是在公路对面加油站的 OXXO[1] 便利店买咖啡时附送的勺子。

你看到没有？你看到葆拉的文身没有？我妈说。

看到了。咋啦？

你明白那些词的意思，对吧？她属于某个人。愿耶稣基督，圣母马利亚之子，天主之子以及天上的所有天使保佑我们所有人。

不，我可不明白那是什么意思。我妈也不想细说，不过我后来还是弄清楚了。我不明白，一个人好好地待在山里的小木屋里，怎么就会被一个剃光了脑袋、手里握着机枪、背包里装着灰色手榴弹的毒贩给抢走了，最后还像一袋子绞细的牛肉一样被拿去卖掉？

我时刻注意着葆拉。我想跟她说话。现在她从不离开她家的房子，但我们过去一直是好朋友，跟玛丽亚和埃斯

[1] 墨西哥最大的连锁便利店品牌。

特法尼都是好朋友。我想让她欢笑，一起回忆我们从前的日子：每到周日，我们就穿着男孩的衣服去教堂，我的名字叫博伊，她的名字叫保罗。我想让她回忆起从前我们一起看肥皂剧杂志的时光，因为她喜欢看电视明星们穿的漂亮衣服。而且，我也想知道她的遭遇。

有个事实倒是人所共知：她一直是格雷罗州这一带最美的女孩。人们都说，葆拉甚至比阿卡普尔科[1]的女孩更漂亮。这可是大大的夸赞，因为一切迷人或特别的东西都必定来自阿卡普尔科。于是这句话就传开了。

葆拉的妈妈给她穿一些里面填满破布的衣服，让她看起来很胖。可是，人人都知道，在距离阿卡普尔科港不到一小时车程的地方，有个女孩跟她妈妈和三只鸡住在一所小房子里，她长得比詹妮弗·洛佩兹还要漂亮。她早晚会被抢走。即使葆拉的妈妈想出把女孩藏在地洞里的点子——我们全都这么做——她也无法保住自己的女儿。

在葆拉被抢走的前一年，已经出现不祥之兆。

---

[1] Acapulco，格雷罗州最大的城市，著名海滨旅游城市，也是墨西哥太平洋沿岸最优良的港口之一。

那天一大早，葆拉的妈妈孔查正在给她的三只鸡喂放坏的玉米饼，忽然听到公路上传来汽车引擎的声音。当时葆拉仍在床上熟睡。她的脸洗得干干净净，头发梳成一条乌黑的长辫子，她晚上睡觉时，辫子就盘在她脖子上。

葆拉穿着一件白色棉质旧T恤，它长得垂到她的膝盖以下，前面印着“神奇面包”几个深蓝色的大字。她还穿着一条粉红色的短衬裤，我妈一直说，穿这种衬裤简直比赤身裸体还要糟。

当那些毒贩闯进她家时，葆拉睡得正香。

孔查说，当她看到那辆棕褐色的宝马车顺着狭窄的土路开过来时，她正在喂鸡，那三只一无是处的鸡一辈子都没下过一颗蛋。在那一刻，她以为那辆车是一头公牛或者从阿卡普尔科动物园里逃跑出来的什么动物，因为她没料到会有一辆棕色的车子朝她家驶来。

当她想到毒贩到来的情景时，她总是想象他们开着黑色的SUV，车窗被涂上了颜色，这本来是违法的，但所有人都把车窗弄成那样，以免警察窥看车里。那些黑色的凯迪拉克凯雷德有四扇车门和黑色的车窗，里面满是毒贩和机枪，它们就像特洛伊木马，至少我妈过去常常这么说。

我妈怎么会知道特洛伊？这个墨西哥女人独自和她唯一的女儿住在格雷罗州的乡村，从这里坐汽车到阿卡普尔科不到一小时，骑骡子需要四个小时，她怎么会知道特洛伊呢？答案很简单。当我爸从美国回来时，他给她买过的唯一礼物是一只小小的圆盘状卫星电视天线。我妈迷上了历史纪录片和奥普拉的脱口秀。我家有一个献给奥普拉的圣坛，就在她供奉瓜达卢佩圣母的圣坛旁边。我妈从不叫她奥普拉，她一直没搞清楚这个名字该怎么念。她管奥普拉叫“Opera”[1]，她总是 Opera 这 Opera 那地说。

除了纪录片和奥普拉，我们看过不下一百遍《音乐之声》。我妈总是留意看电影频道什么时候安排播放这部电影。

每次孔查跟我们讲述葆拉的遭遇，她的说法都不一样。因此我们从来都搞不清楚真相到底是什么。

那个在葆拉被抢之前来到她家的毒品贩子只是想看看她。他想证实一下那些传言是不是真的。它们确实是真的。

当葆拉被抢时，情况就截然不同了。

在我们居住的山里是没有男人的。这就像住在一个没

---

[1] 奥普拉（Oprah）读音近似 Opera（歌剧）。

有树木的地方。

这就像人只有一只胳膊，我妈说。不不不，她自己纠正自己道，待在一个没有男人的地方，就像睡觉时没有梦。

我们那儿的男人都过河去美国了。他们把脚浸入河水中，在齐腰深的水里跋涉，可是，当他们到达对岸时，他们就死了。在那条河里，他们抛下自己的妻儿，走进伟大的美国巨坟。她说得对。他们会给家里寄钱，还会回来一两次，然后就没有然后了。所以，在我们的土地上只有一群群女人，她们努力工作，设法养活自己。周围仅有的男人都在 SUV 里，还会骑着摩托车突然从不知什么地方冒出来，肩上扛着一把 AK-47 步枪，牛仔裤的后裤兜里装着一包可卡因，衬衣的前兜里放着一包红标万宝路。他们戴着雷朋墨镜，我们决不能盯着他们的眼睛，决不会看到墨镜后面那对黑色的眸子，那里通往他们的心灵。

我们曾经从新闻里听说三十五个农夫被绑架的事情，他们当时正在地里掰玉米，一些人开着三辆大卡车过来，把他们全部绑走了。绑匪们用枪对着那些农夫，让他们爬上卡车。那些农夫站在车厢里，就像牛一样紧紧地挤在一起。他们在两三个星期后回到家里。绑匪警告他们，如果他们胆敢说出自己的遭遇，就会被杀掉。人人都知道，他们是被绑去摘大麻的。

如果你守口如瓶，有些事情就跟从未发生过一样。当然，肯定会有人写一首歌讲述那个故事。所有不该被知道或不该被讲述的事情，最终都会变成一首歌。

某个白痴会写歌讲述那些被绑架的农夫的故事，害得自己被人杀掉，我妈说。

周末的时候，我妈和我会去阿卡普尔科，她在那里为一户家在墨西哥城的有钱人打扫卫生。那家人每个月会到这所位于阿卡普尔科的度假别墅住上两个周末。过去好多年，那家人都开车来这里，但后来他们买了一架直升机，并花了好几个月的时间在别墅院子里修建停机坪。他们首先得用土将游泳池填平并铺上柏油，然后在几英尺外的地方挖出新泳池。他们还把网球场也挪开了，好让直升机停在尽可能远离住所的地方。

我爸过去也在阿卡普尔科上班。在离家前往美国之前，他在一家酒店当侍者。为了看望我们，他曾经回过几次墨西哥，然后就一去不返了。当他最后一次回来时，我妈就知道那是最后一次了。

这是最后一次，她说。

你说什么，妈妈？

好好看看他的脸，把它牢牢记在心里，因为你以后再也看不到你爸爸了。切记，切记。

她喜欢用这个词。

我问她怎么知道他不打算回来的。她说，你就等着瞧吧，蕾蒂戴，等着瞧，你会看到我是对的。

可是你怎么知道呢？我再次提出这个问题。

让我们看看你能不能自己琢磨出来，她回答说。

这是一次考验。我妈喜欢考验我，弄清楚我爸不回来的原因就是一次考验。

我开始观察他。我观察他在我家那所小房子和花园周围做事的方式。我跟着他，就仿佛他是个陌生人，如果我不盯紧他，他就会偷我的东西。

某天晚上，我知道我妈猜对了。那晚非常热，仿佛月亮也在让这里升温。当我爸在外面抽烟时，我走过去跟他待在一起。

我的天，这里肯定是地球上最热的地方之一，他一边从嘴里和鼻子里喷出烟草的烟雾，一边说道。

他用一只胳膊搂着我，他的皮肤比我的还热。我们简直会把对方烤焦。

然后他说出那句话。

对我来说，你和你妈妈都太好了，我配不上你们。

我以优异的成绩通过了这次考验。

狗娘养的。有好多年，我妈总是说这句话。她再没提过他的名字。从那以后，他的名字就是“狗娘养的”了。

就像我们山里的很多人一样，我妈相信魔咒。

但愿一阵风刮灭他心里的蜡烛，但愿他肚脐眼里长出一只巨大的白蚁，或者他耳朵里长出一只蚂蚁，她说，但愿他的阴茎被虫子吃掉。

接着，我爸就不再每个月从美国给我们寄钱了。我猜他的钱也配不上我们。

当然，从美国通往墨西哥的流言传播通道是全世界最强大的。如果你不知道真相，你也会知道流言，流言总是很多，多过真相。

我宁愿相信流言也不相信真相，我妈说。

流言从纽约的一家墨西哥餐厅传到内布拉斯加州的一个屠宰场，传到俄亥俄州的温迪餐厅，传到佛罗里达州的一片橙子园，传到加州圣地亚哥的一家酒店，然后越过界河，重新恢复活力，传到蒂华纳的一个酒吧，传到莫雷利亚郊外的一块大麻地，传到阿卡普尔科一条玻璃底的游船，传到奇尔潘辛戈[1]的流动餐馆，然后顺着我家门外的土路，传到我们那棵橙树的树荫下。流言说我爸“在那边”有另一个家庭。

“在这边”是我家的遭遇，也是这里每个人的遭遇。

在这边，我们孤零零地生活在自己的棚屋里，周围全是我妈多年来偷窃的东西。我们有好几打钢笔和铅笔、盐瓶和眼镜，我们有一个巨大的塑料垃圾袋，里面装满她从餐厅偷来的小袋装白糖。我妈上公厕后肯定会在袋子里藏一卷厕纸离开。她并不把这称为盗窃，但我爸会这么说。在他还跟我们一起生活时，他们经常因此打架，他说自己跟一个窃贼生活在一起。我妈认为她只是借东西，但据我所知，她从不把东西还回去。她的朋友们都知道她们必须把所有东西藏起来。不管我们去哪里，当我们回到自己家时，她都会从衣袋里、双乳之间，甚至头发里掏出点什么

[1] Chilpancingo，格雷罗州首府。

东西来。她有一种将东西塞进头发里的诀窍。我见过她从自己稠密卷曲的长发里掏出小咖啡勺和一轴轴的线。有一次她从埃斯特法尼家偷了一条士力架巧克力棒，把它藏到自己的马尾辫下。她甚至从自己的亲生女儿这里偷东西。我放弃了认为自己可以拥有任何物品的想法。

我爸离开时，我妈——她从来都心直口快——说，那个狗娘养的！我们失去自己的男人，却从他们那里，从他们的美国婊子那里染上艾滋病，我们的女儿被人抢走，儿子离家而去，但我热爱这个国家胜过爱我自己的呼吸。

然后她缓缓地说出墨西哥这个词，接着重复一遍，墨西哥。就仿佛她是从一个盘子里将这个词舔到自己嘴里。

我还是个小孩子时，我妈曾教我做祈祷。我们一直都在做祈祷。我为云朵和睡衣祈祷。我为电灯泡和蜜蜂祈祷。

千万别为爱与健康而祈祷，我妈说，或者为钱，如果上帝听到你真正想要什么，他就不会给你，切记。

当我爸离开后，我妈说，跪下来，为小勺子而祈祷。

2

我只上完了小学。在那期间，我大部分时候是男孩。我们的学校是小山下的一间小屋子。有些年里，老师根本就不会露面，因为他们害怕来到这个地区。我妈说，想来这里的老师不是毒贩就是白痴。

谁都不信任别人。

我妈说，所有人都是毒贩子，当然包括警察，肯定也包括市长，甚至我们国家那个该死的总统也是毒贩。

我妈不需要别人问她问题，她自己问自己。

我怎么知道总统是毒贩呢？她说。因为他让枪支从美国流入墨西哥。为什么他不在边境上布置军队，阻止枪支流入啊？还有，把什么握在你手里才是最糟糕的：一株植物、一棵大麻、一棵罂粟还是一支枪？那些植物是上帝创造的，但枪支是人创造的。

我在学校里交的朋友一直都是我的朋友。上一年级的时候我们班只有九个人。我最亲密的朋友是葆拉、埃斯特法尼和玛丽亚。我们上学时全都把头发剪短，还穿着男孩的衣服，除了玛丽亚。

玛丽亚天生兔唇，所以她父母不用担心她被人抢走。

当我妈谈到玛丽亚时，她说，月亮上那只三瓣嘴的兔子来到了我们山里。

玛丽亚也是我们当中唯一拥有兄弟的人。他的名字叫米格尔，但我们叫他迈克。他比玛丽亚大四岁，人人都宠着他，因为他是我们山里唯一的男孩。

葆拉确实像我们说的那样，长得像詹妮弗·洛佩兹，但比洛佩兹更漂亮。

埃斯特法尼的肤色最黑。在格雷罗州，我们的肤色都很黑，但她就像漆黑的夜晚或一只罕见的黑色鬣蜥那么黑。而且埃斯特法尼又高又瘦，因为格雷罗没有高个子，所以她就像树林里最高的一棵树。她会看到我无法看见的东西，甚至包括一些很远的东西，例如顺着公路驶来的汽车。有一次，她看到一条带有黑色、红色和白色条纹的小蛇盘在一棵树上，那是一条珊瑚蛇。这些蛇想吮吸那些熟睡的妈妈们的乳汁。

如果你在格雷罗州长大，你就会明白任何红色的东西都是危险的，因此我们知道那是一条坏蛇。埃斯特法尼说那条蛇直直地盯着她的眼睛。她只跟葆拉、玛丽亚和我说过这事，只有我们仨（她的三个挚友），因为她知道这意味着她受到了诅咒。当然，说她受到诅咒，就仿佛那条蛇是个手握魔棒的邪恶仙女，她会说你绝不会美梦成真。

玛丽亚带着兔唇出生时，所有人都吓坏了。她母亲卢斯把女儿藏在房里，她父亲走出家门，再也没回来。

我妈好为人师，对自己的事情却漫不经心。她来到玛丽亚家，想仔仔细细地看看这个小宝宝。我知道这个故事不过是因为我妈跟我讲述过好多次。她看着小小的玛丽亚躺在卢斯怀里，脸上盖着一块白色的薄面纱。她揭开那块薄纱，低头看着小宝宝。

她被生反了，就像一件内外颠倒的针织衫。你只需要把她翻转过来就行，我妈说，我会到诊所给她登记的。

我妈转身走下山去，坐公共汽车来到那家位于奇尔潘辛戈的诊所，给刚出生的玛丽亚登记。这么做是为了让当地的诊所知道农村地区有哪些孩子需要做这一类的手术。每隔几年都有一些医生从墨西哥城来到这里免费做手术，但患者必须在出生后做登记。

过了八年才有一队医生来到奇尔潘辛戈。有一群士兵组成的护卫队护送他们，这样就可保护他们免受毒品贩子的暴力对抗。当然，到那时候，我们全都习惯了玛丽亚的脸。就因为这个原因，她的一些朋友不希望她动这个手术。我们希望她快乐正常，但她那张内外相反的脸让我们知道敬畏神灵，让我们意识到自己可能遭受可怕的天谴，让我们思考自己这个神奇的熟人圈里出了什么差错。她就像旱灾或洪水一样染上几分神话色彩。玛丽亚被当作上帝发怒的例证。医生能够弥补那种愤怒吗？我们想知道。玛丽亚栖居在她的神话里，甚至开始看起来也像用石头雕的了。

我们认为玛丽亚很强大。我妈可从不认为那是一种力量。

她在寻找契机而且她也会找到，我妈说。

埃斯特法尼、葆拉和我觉得玛丽亚已经遭遇过最可怕的事情了，因此她无所畏惧，例如埃斯特法尼看到盘在树上的蛇那次，就是玛丽亚捡起一根长长的树枝去捅它，直到它掉落到地上。埃斯特法尼、葆拉和我都尖叫起来，躲得远远，但玛丽亚却俯身将它捡起来，用拇指和食指捏住它。

她看着那条蛇说，你以为自己的脸很丑啊，哈，那就看看我的脸吧！

丢掉，快丢掉，葆拉说，它会咬你的！

傻瓜，我求之不得呢。说着玛丽亚把蛇扔到地上。

她把所有人都叫作傻瓜。这是她最爱的词语。

我七岁的时候，有一天玛丽亚和我一起放学回家。通常我们全都会一起离开学校，在公路上跟前来接我们的妈妈们碰头，然后分手，各回各家。这一次只有玛丽亚和我两个人一起回家，我也记不得原因了。那个学年快要结束，我们都很悲伤，因为那位来自墨西哥城的老师只在这里待一年，即将离开我们，新的志愿者教师九月才会来。在乡村地区，人们依赖那些来自城市的志愿者。有志愿者在我们这里担任老师、社工、医生和护士。他们来这里，因为这是他们不可缺少的社工训练的一部分。过上一段时间，我们就能学会跟这些人保持距离，因为，就像我妈说的那样，这些人像销售员一样来来去去，只是他们除了“你必须”这几个字之外就没啥可兜售的了。

我不喜欢那些从远方来的人，她说，他们不了解我们是什么人，却总是告诉你必须做这个必须做那个，必须做这个必须做那个。我会跑到城里去告诉他们这个地方臭气熏天，还问他们青草哪儿去了，以及天空啥时候变得发黄吗？这一切就像那个该死的罗马帝国。

我不知道她这句话是什么意思，不过我确实知道她一直在看一部有关罗马历史的纪录片。

七月，我独自与玛丽亚步行回家。我记得那天有多么热，也记得失去老师的悲伤。天气很潮湿，当我们向前移动时，我感觉身体有气无力。实在是太湿润了，蜘蛛都能直接在空中织网，我们不得不边走边从脸上拂去蛛网和那些散漫的长长蛛丝，希望不要有蜘蛛落到我们的头发上，或掉进我们宽松的上衣里。正是这种潮湿让鬣蜥和蜥蜴半睁着眼睛睡觉，甚至昆虫也睡着了。也正是这种炎热驱使流浪狗们顺着公路找水喝，黑色的柏油路上留下它们血肉模糊的身体，从我们的山里一直延伸到阿卡普尔科。

实在太热，玛丽亚和我决定坐在石头上歇会儿，当然事先会检查一下那里是否有蝎子或蛇。

没有男孩会爱上我的，就那样，我才不在乎呢，她说，我不希望任何人乱摆弄我的脸，我妈说没有男孩想亲我。

我试着想象那种亲吻，两片嘴唇贴着她破裂的三片嘴唇，一条舌头伸进她破裂的嘴巴里。我问她那是否意味着她不会有孩子，她说她妈妈曾告诉她，她永远不会结婚或生孩子，因为没有男人会爱上她。

我才不想谁爱上我呢，玛丽亚说，所以，谁在乎呢？

玛丽亚，我也不想别人爱我。谁想要那种东西？我觉得亲吻听起来很恶心。

她扭过头，狠狠地盯着我，我以为她会冲我吐唾沫或者打我。可是，在那一刻，她爱上了我。

玛丽亚狠狠地盯着我，因为周围的人都是如此凶狠。事实上，在墨西哥，来自格雷罗州的人素来以满腔愤怒而闻名，并且就像一只隐藏在床上或枕头底下、半透明的白色蝎子一样危险。

统治格雷罗的是炎热、鬣蜥、蜘蛛和蝎子。人命一文不值。

我妈过去常说，生命从来都是一文不值。她还会引用那首著名老歌的歌词，就仿佛那是祈祷词：如果你打算明天杀掉我，你还不如今天就要我的命。

这句话被她替换成各种类似的新版本。我曾经听她告诉我爸说：如果你打算明天离开我，你还不如今天就离开。

我知道他不会回来。这倒也没啥，因为，如果他回来，她真的什么都做得出来。她会用指甲、唾沫和切碎的头发煮成焖菜，把它跟她的经血、绿辣椒和鸡肉混合起来。她把配方给了我。不是写在纸上，但她告诉过我怎么煮。

一定要自己做吃的，她说，千万别让任何人给你煮饭。

那锅用指甲、唾沫、经血和切碎的头发煮成的焖菜可能味道很好。她是个好厨子。他最好别回来。她把自己的大砍刀磨得锋利无比。

我妈说她相信有仇必报。这是对我的直接威胁，但也是给我的一个教训。我知道她不会凡事都对我宽宏大量，不过这也教会我不要原谅他人。她说这就是她再也不去教堂的原因，尽管她的确有一些热爱的圣徒，但她压根不喜欢那套有关宽恕的说教。我知道她一天大部分时间都在琢磨：如果我爸回来，她该怎么对付他。

我望着我妈用她的大砍刀割那些高高的杂草，或者用一块大石头砸烂一只鬣蜥的脑袋将它杀死，或者刮掉龙舌兰肉质叶片上的刺，或者用手扭着一只鸡的脖子将它杀死，就仿佛她周围的所有东西都是我爸的身体。当她切西红柿的时候，我知道她正在将他的心脏切成薄薄的圆片。

有一次，她倚着大门，用身体靠着门上的木头，甚至那扇门也成了我爸的后背。椅子是他的大腿，勺子和叉子是他的双手。

有一天，玛丽亚跑到我家来。我们住的地方相距只有二十分钟的路程，需要步行穿过长满橡胶树和低矮棕榈树的土地，在那里，巨大的棕色和绿色鬣蜥躺在平坦的石头上晒太阳，它们会飞快地扭转身体咬人，尤其当你是个八岁的女孩，并且穿着红色的塑料人字拖一路飞奔从它们身边掠过时。她独自一人来到这里，就仿佛她是这里唯一获准外出的女孩，因为她有兔唇。我们全都知道没人想要她，即使把她白送给别人也没人要。看到她时人们总是畏畏缩缩。一见她出现在我家大门外，我知道肯定发生了什么重要的事情。

蕾蒂戴，她大叫着，蕾蒂戴！

我妈到奇尔潘辛戈的市场上去了。在我们年纪还小的时候只要答应不在外面瞎逛，妈妈们就会允许我们独自待在家里。而当我们胸部开始微微隆起时，就得那样做了。从那一刻起，如果我们想外出，就必须采取措施，以免我们显露自己漂亮的外貌。

玛丽亚张开双臂朝我走来，给我一个拥抱。她这副样子有些奇怪，因为她总是用一只手遮住自己的嘴巴。玛丽亚走路时会用左手盖住半张脸，挡着自己的嘴，就仿佛她正握着一个秘密，或者即将呕吐出什么来。

怎么啦?

她上气不接下气地停下脚步，好让自己喘口气。她在我旁边的地板上坐下，那会儿我正从一本杂志上剪一些图画贴在剪贴簿上。这是我最爱的消遣方式。

医生就要来了!

我不需要问她什么。经过八年等待，那些著名的医生，那些来自墨西哥城某所医院、举足轻重且收费不菲的医生，就要来到奇尔潘辛戈为先天畸形的孩子免费做手术了。玛丽亚解释说，在她放学回家大约一小时后，诊所的护士来到她家，采集了她的血样，量了她的血压，确保她已经准备好动手术。她们必须在星期六早上六点到达诊所。

那是两天之后！我迫不及待地想把这告诉葆拉。

我忽然想到，玛丽亚也许以为自己手术后会变得跟葆拉一样漂亮。但甚至在我剪那些旧杂志、满眼都是电影明星和著名模特的脸时，我也知道她们没有一个能跟葆拉一比高下。即使葆拉的妈妈把她的头发剪短，甚至在她的皮肤上涂抹辣椒面，让她身上总是长着红色的皮疹，葆拉的美貌也仍然光彩照人。

星期六早上，我妈和我来到诊所陪伴玛丽亚的妈妈。埃斯特法尼和她妈妈也从家来到这里。

玛丽亚的哥哥迈克也在那儿。我想起来自己已经有段时间没见到他了。他大部分时间都待在阿卡普尔科。虽然他只有十二岁，但在我看来，他已经长大成人。他手腕上戴着皮护腕，就像手镯一样，我以前从未见过这东西，而且他还剃掉了头发。

诊所外停着三辆军车，十二名士兵在那里站岗。这些士兵戴着滑雪面罩，还有飞行员墨镜，就戴在面罩的眼部开口处。他们的脖子后面闪烁着汗水的光芒。当他们围着这家小小的乡村诊所时，手里的机枪已经上膛。

有一辆卡车上挂着一条横幅，上面写着：医生在此为孩子做手术。

之所以采取这些措施，是避免毒品贩子突袭，绑架医生并逃之夭夭。毒贩绑架医生是出于两个原因：要么是他们自己需要动手术，通常是医治枪伤；要么就是绑架墨西哥城的医生以换取赎金。我们知道，除非医生们受到保护，否则他们是不会来到我们山里的。

我们想从那些士兵旁边走过去，但他们不许我们进入诊所，因此我们只好到那家位于街角的露丝美容厅去等着。我们知道，除了玛丽亚之外，还有另外一个孩子要动手术，那是个两岁大的男孩，他天生就多长了一个拇指。在过去的两年里，这根多余的拇指一直是重要的谈资。每个人对它都有看法。

事实上，我们知道山里出现畸形儿的原因。所有人都知道，喷洒杀除大麻和罂粟的毒药对我们人类有害。

手术前一天，我妈突然怒气冲冲地说，玛丽亚该保持原貌。还有，想想那个六指男孩，他们干吗不干脆连他的手一起切掉呢！也许那样一来，他长大后就会留在这里了。

当我们站在美容厅外面时，我们听见远远传来一阵噪音，就像一头牛重重地踏着地面或一架飞机过于靠近地面飞行。仅仅过了片刻，我们就意识到那是一支 SUV 车队。

那些保护诊所的士兵迅速行动起来，隐蔽在卡车后面。

我们跑进美容厅，冲到房间的后面，尽可能地远离窗户。我蜷缩在一个水槽下面。

然后周围一下子变得鸦雀无声，一切都停滞下来。仿佛狗儿、鸟类和昆虫都停止了呼吸。

没有人说“嘘！安静”。

我们以为马上会子弹横飞。

这条主街也是穿过小镇的公路，它的每一面墙壁、窗户和门上都布满弹孔。在我们这个坑坑洼洼的世界，谁都懒得去填补那些弹孔或粉刷墙壁。

十二辆黑色的SUV飞驰而过，开得太快了，就仿佛它们在比赛。车窗都涂成了黑色，尽管现在是大白天，但车前的大灯却开着。

我们能够感觉到它们呼啸而过的速度，我们周围的地面都颤动起来。这些巨大的机器在身后留下漫天尘土和尾气，搅得我们脑子里只剩一个念头：千万别在这儿停车。

等最后一辆SUV驶过，大家沉默了片刻，仔细倾听。然后露丝说，好啦，他们走了，那么，谁需要做头发吗？

露丝微笑着说，在我们等待手术结果时，她会免费给所有人做美甲。

露丝是个弃婴。她的出生肯定是一个巨大的错误。为什么会有人把自己的宝宝扔进垃圾堆，就仿佛那是一块香蕉皮或一个坏掉的鸡蛋？

把自己的宝宝扔进垃圾堆跟杀掉宝宝到底有啥差别，嗯？我妈说。

我不知道这个问题是不是一次考验。

当然差别巨大，我妈自言自语地说，至少杀掉她会显得更仁慈一些。

露丝是西尔伯斯坦太太收养的弃婴之一。西尔伯斯坦太太是个来自洛杉矶的犹太女人，她在五十年前移居阿卡普尔科。当她听到传言说有一些婴儿被扔进垃圾堆之后，她就告诉阿卡普尔科的所有清洁工，她愿意照顾那些婴儿。在过去的三十年里，她抚养大了至少四十个孩子。其中之一就是露丝。

露丝出生在一个黑色的垃圾袋内，里面装着肮脏的尿布、烂掉的橙子皮以及三只空啤酒瓶和一个可乐罐，外加一只用报纸包着的死鹦鹉。有人在垃圾堆旁听到了袋子里发出的哭声。

露丝给我们涂上指甲油，又把薯条直接喂到我们嘴里，这样就可以让指甲油慢慢干掉而不会被弄脏。她曾经多次帮我理发，但这是我第一次做美甲。这是我人生中头一次被定义为女孩。

在给我的每一个椭圆形的幼嫩指甲涂上红色的指甲油时，露丝轻柔地捧着我的手。当她给我的拇指涂指甲油时，我想起仅仅一个街区之外那个正在切除拇指的男孩。

露丝吹着我的手，好让指甲油干得更快。

你自己也吹吹，她说，这样它们就会干的，而且不要摸任何东西。

她转身离开我，捧起我妈的手。

想涂成什么颜色，丽塔？

涂上你这里最鲜艳的红色。

在我看来，我的手美得不可思议。我对着镜子把它们举到我齐脸高的地方。

啥世道啊，我妈说，这日子可真难过。

在窗户外面，透过被子弹击中而裂开的玻璃，我们能够看见那些戴着面罩的士兵守卫着诊所。他们正从军装上掸去尘土。那些 SUV 制造了一场小型的沙尘暴。我想象诊所的大门后面摆着什么，仿佛看见玛丽亚躺在白色的床单上，在一个明亮的灯泡底下，周围都是医生，她的脸被切成两片。

我身后再次传来我妈的声音。

有时我都想种罂粟了。其他所有人都在种，不是吗？反正总有一天会死掉，所以最好作为有钱人死掉。

唉，丽塔啊！

露丝说话柔和而缓慢，因此，当她说丽塔时，听起来就像丽——塔——，听到有人用这么甜美的音调跟我妈说话，我感觉很高兴。露丝的声音能够疗治病痛，安慰人心。

你有什么看法？我妈问。

美容厅里顿时安静下来。我们都想听听露丝怎么回答。人人都知道，露丝比这一带的其他任何人都更聪明、善良。她也是个犹太人，西尔伯斯坦太太把自己收养的所有弃婴都按照犹太人的方式养大。

想象一下，露丝说，想象一下我的情况。我在十五年前开了这家美容厅，我起了个什么店名？我叫它“幻想”。我起这么个店名是因为，我的幻想，或者说我的梦想，是做点事情。我想把你们所有人都打扮得漂漂亮亮，让我周围都洋溢着甜美的香气。

因为露丝是个被扔进垃圾堆的弃婴，她脑子里总浮荡着烂橙子的气味、某个人早餐喝剩的果汁的气味。

可是我没能把你们打扮得漂漂亮亮，恰恰相反，我做了什么？露丝问。

所有人都默默地低下头，望着自己涂好指甲油的指甲。

我做了什么？

没人回答。

我不得不把小女孩打扮成男孩，我不得不把年纪大一点的女孩弄得其貌不扬，而且还不得不把漂亮的女孩弄得丑模丑样。这不是美容厅，这是丑容厅，露丝说。

没人能够反驳她，甚至我那个心直口快的妈妈也没法反驳她。

玛丽亚的妈妈从美容厅的窗户外窥视着里面。他们已经做完了，她透过破裂的窗玻璃说。玛丽亚想见见蕾蒂戴，她指着我说。

在把指甲油擦掉之前，你哪儿也不许去！我妈说。

露丝拉着我坐到她膝上，把指甲油清理掉。我嘴里满是洗甲水的味道，它们在我舌头上留下一股柠檬的气息。

在那家只有两个房间的小诊所里，前面的房间已经被改造成手术室。一名护士和两名医生正忙着把各种东西收起来装进手提包，而玛丽亚则躺在窗户下的一张帆布床上。她的眼睛从包裹得严严实实的纱布里向外张望，就像两颗黑色的小石头。她那么热切地望着我，我知道她在想什么。我一辈子都对她了如指掌。

她的眼睛在说：那个男孩在哪儿？他的拇指切除掉了吗？他是否还好？他们怎么处理那根拇指？

当我替玛丽亚提出这些问题时，那名护士回答说，男孩已经在一个小时之前离开了，那根拇指已经切除掉。

你们怎么处理那根拇指？

它会被焚烧掉，护士回答说。

烧掉？

是的，烧掉。

在哪里烧？

哦，我们在这里用冰把它冷冻起来。我们会带着它回到墨西哥城，在那里把它烧掉。

当我回到美容厅时，所有人的指甲油都已经被清理掉。在我们的世界里，仅仅因为你的指甲被涂成红色，男人就认为他们能够把你抢走。显而易见，没人打算冒险抹上指甲油走出门外。

步行回家途中，我妈问我玛丽亚看起来怎么样。我说我没法看见她的脸，因为她脸上缠着绷带，不过护士说手术很顺利。

别指望那个了，我妈说，她会有疤痕的。

我们小心翼翼地穿过那条将墨西哥城与阿卡普尔科连接起来的公路，顺着小道朝我们的小棚屋走去，它隐藏在一棵巨大的香蕉树的树荫里。

我们正走着，突然一条巨大的鬣蜥从矮树丛里钻出来，越过我们前方的小路。这个动作让我们低下头，看到一群排成一字长龙的鲜红色的蚂蚁，它们正朝着小道左侧行进。我们俩都停下脚步，四下张望。在小路的另一侧，还有另一群蚂蚁如潮水般地朝着同一个方向移动。

有什么东西死掉了，我妈说。

她抬头仰望。五只秃鹫正在我们头顶上方的空中盘旋。那些鸟儿不断地绕着圈儿飞行，俯冲向地面，又再次升高。它们的翅膀扇动着死亡的气息。

当我们到家时，那些鸟儿仍在我们上空继续盘旋。

一进到屋里，我妈就走向厨房，从衣袖里掏出四小瓶指甲油。她把一个红色的瓶子和三个粉红色的瓶子放在餐桌上。

你把露丝的指甲油偷走了？

我不知道自己为何会感到惊讶。不管什么时候我们去什么地方，我妈都会顺手牵羊。但我就是无法相信，她居然连露丝的东西也偷。

闭嘴吧，做你的家庭作业去，我妈说。

我没家庭作业。

那就闭嘴，我妈说，去把你的手洗干净，这样你就可以再次把它们弄脏了。

我妈走到窗户跟前，再次仰望天空。

是条狗，她说，有那么多该死的秃鹫，不可能是只死老鼠。

3

我们靠我妈做清洁工的工资生活。每个周五放学后，我妈和我都会走到公路上，等着坐一个小时的公共汽车去港口。她找不到人在家里照看我，因此她走到哪里，我就不得不跟到哪里。

在雷伊斯一家从墨西哥城来到别墅之前，我妈必须把房子打扫干净，铺好床，在屋里各处喷洒杀虫剂，好杀死那些蚂蚁、蜘蛛，尤其是蝎子。

当我还是小孩子时，她让我负责那些装在喷雾瓶里的杀虫剂。我妈打扫卫生时，我就在屋角、床下、橱子里和卫生间的水槽周围喷杀虫剂。它让我嘴里好几天都有股怪味，就仿佛我吮吸过一根铜丝。

我们住在车库后面的用人房里。我妈过去常常用一根绳子把我拴在床上。她这么做是为了安心做她的工作，不用担心我到处乱逛掉进游泳池里。她把我一连拴上好几个小时，旁边放着一条白面包、一杯牛奶、一些蜡笔和纸。

有时她会从宅子里拿些书给我看。通常那是一些有关世界著名庄园的建筑书或有关博物馆的书。

当然，我妈也会从雷伊斯家偷东西。在我们周日晚上回家的途中，我就会看到她偷了什么。当公共汽车在滚烫的沥青上朝着一片满是红色昆虫和女人的土地疾驰而去时，她会慢慢悠悠地从衣兜里掏出那些东西来，好好地看个究竟。

在公共汽车昏暗的光线中，我望着她从罩衫里摸出些小镊子，又从衣袖里掏出三支长长的红蜡烛。

有天晚上，当对面驶来的汽车车灯照亮公共汽车里面时，我妈递给我一小袋巧克力球。

拿好，这是我给你拿的，她说。

我一边望着车窗外，望着排列在公路一侧的茂密丛林，一边吃着巧克力。

在玛丽亚做过兔唇手术后，一切都变了。如果不是因为玛丽亚，我们或许不会在从诊所回家的途中注意到那些在我家房子上空盘旋的秃鹫。

我要去看看是什么东西死了，我妈说着，从她站着仰望天空的窗户旁边走开了。

你就待在这里，她说。

我在家用iPod听音乐，这也是她从雷伊斯家偷的。我等了大约一个小时，她才回来。

她看起来忧心忡忡，一直在抓左边的头发。它卷成一大团，向外凸起。我取下耳机，洋基老爹[1]的声音便从我耳边消失了。

蕾蒂戴，听着，她说，那边有个死人，我们得把他埋掉。

你说什么？

那边有具该死的尸体。

是谁的？

他没穿衣服。

没穿衣服？

你得闭上眼睛，帮我把他埋在地里。去弄些铲子来，要大点的，换身衣服，我到房子后面找把铁锹来。

我站起身，脱掉那身早上去诊所穿的干净衣裳，换了

[1] Daddy Yankee（1977— ），著名的波多黎各流行音乐歌手。

一条旧牛仔裤和一件T恤衫。

我妈带着那把我们通常用来挖蚁穴的铁锨回来了。

好啦，她说，跟着我。

我跟着我妈。我数了数，我们头顶上有五只秃鹫。我们一边走，我妈一边发出气喘吁吁的声音，好像喘不过气来。几分钟后，我们来到尸体所在的地方。

这离我们家房子也太近了，我说。

这他妈的确实离房子太近了。你说得对。

是的。

他是被扔到这里的。

他是谁?

你觉得他看起来眼熟吗?

不。

在这片土地上，一个人出门散步就可能发现一只巨大的鬣蜥、一棵长着几十个果实的木瓜树、一座巨大的蚁丘、大麻、罂粟或者一具尸体。

那是一具少年的尸体。他看起来大约十六岁，仰卧在地上，望着太阳。

可怜的家伙，我妈说。

太阳会把他的脸晒伤的。

对啊。

他的双手已经被砍掉，白色和蓝色的血管从他血淋淋的手腕伸出来，像肿胀的肉虫子一样伸进泥土里。

他的额头上刻着一个字母“P”。

在他的衬衣上，一枚很大的别针把一张纸条别在一颗粉红色的塑料扣子上。就是那种用来别纸尿裤的别针。

那张纸条上是不是写着我猜的那句话，我妈一边开始挖坑一边问道，上面是不是写着：葆拉和两个女孩?

是的，就是写的这句话。

你，到这边来！开始挖。我们得快点。

当那些秃鹫在我们头顶上盘旋时，我们用那把铁锹、大铲子和我们的手挖着。

再深点，再深点，我妈说。我们需要挖得更深一些，要不然动物们会在夜里把他拖出来。

我们挖了两个多小时，从土里挖出透明的蠕虫、绿色的甲虫和粉红色的石头。

我妈刮着铁锹上的泥土，不时惊恐地扭头张望。我感觉有些眼睛在盯着我们，她低声说。

让丛林来处理这具尸体会不会更好呢？我问。但即使在我说出这句话的时候，我也知道答案了。

警察和毒品贩子都会留意观察秃鹫，我妈说，这些鸟是周遭最好的告密者。她不想让任何人来这里四处打探，看着她的女儿。

在把坑挖得足够深之后，我们把尸体推进坑里，用泥土把它盖住。

我看着自己的手，泥土已经深深地钻进我的指甲，不论怎么洗都别想把它洗掉。至少一周之内洗不掉。

等我们干完这个活儿之后，我妈说，我从没想到你生下来是为了跟我一起埋一个死掉的男孩，给我算命的人可没有说到这些。

有一次，我妈二十来岁的时候，她到阿卡普尔科去，花钱让一个算命的女人告诉她以后会遭遇些什么。那女人有一间小小的屋子，是她在阿卡普尔科的主街上租的，位于两个酒吧之间。我妈告诉我说她是被那个女人的招牌吸引去的，那上面写着：只有当你不知道自己的命运时，你才是不走运的人。

我妈以前见过来自全世界的游客花钱听这个女人说些

什么。她知道自己必须去。我妈用了几年时间才鼓起勇气走进屋去，花钱让那女人给自己算命。

我只是个来自乡下的印第安人，我妈说，但那个女人吻了一下我的钱，低声对我说：金钱没有国家或种族之分，一旦钱进了我的腰包，我也不知道是谁把钱给我的。

我妈老是讲述这段经历。那个算命的女人啥都没算准。不管我妈遇到什么事情，她都会强调说：给我算命的人可没有说到这些。随着岁月的流逝，我妈意识到那个女人说的没一样变成现实，她变得越来越绝望了。

记住我的话，蕾蒂戴，我妈说，等哪个周末去阿卡普尔科时，我们要去找那个算命的女人，我得让她把钱还给我。

当我们把最后一堆泥土撒到那个男孩的尸体上后，我妈说，让我们做个祈祷。

你来说祈祷词吧，我说。

让我们跪下，我妈说，这事很严肃。

我们俩都在那些白色的蠕虫、甲虫和粉红色的石头上跪下。

这本来是个高高兴兴的日子，玛丽亚的兔唇被缝上，那个小宝宝多余的拇指也被切除了，可是这个少年却冒了出来。我们祈求天上下雨，阿门。

然后我们就站起来回家了。

当我们在厨房水槽里洗手时，我妈说，是的，蕾蒂戴，我会告诉葆拉的妈妈。我必须告诉她，她需要知道这件事。

我妈站在厨房水槽边。她从衣兜里掏出那张别在尸体上的纸条，划燃一根火柴点燃那片纸，葆拉的名字变成了灰烬。

葆拉从来没见过她父亲。想象一下吧，外面的某个地方有个男人，他都不知道自己是墨西哥最美丽的女孩的父亲！

葆拉的妈妈孔查从未告诉任何人葆拉的父亲是谁，但我妈有一套自己的理论。孔查曾经在阿卡普尔科一个富有家庭的宅子里当过卧室女仆。

在孔查被解雇的那天，她带着两样东西回到山里：肚子里的胎儿和手里的一卷比索。

再没有比一个没爹的女儿更悲惨的了，我妈说，这个世界会把那些女孩生吞活剥。

在我们洗完手之后，我妈和我就去了葆拉家里，她家距离公路边就一小段路程。

当我妈跟孔查说起那具尸体时，我跟葆拉坐在一起。十一岁的葆拉仍然瘦削纤细，但她的美貌显而易见。不管她走到哪里，所有人都会转过身注视着她。所有人都看得出来将来会发生什么事情。

在造访了葆拉家之后，我妈和我朝公路走去，来到加油站旁那家很晚才关门的商店里。她买了一件半打装的啤酒。从那天开始，她就不再吃东西，成天只喝啤酒了。

葆拉的妈妈说了些什么？我问。

她没说多少话。

她被吓坏了吗？

被吓死了。她早上就会死掉。

你说什么？

我不知道。那些词语就那样从我嘴里冒了出来。

第二天早上，当我出门去上学时，我妈还在睡觉。我看了一眼她的脸。我家没有镜子。

4

我们从未跟任何人说起那片罂粟地。

我们是在玛丽亚做兔唇手术的前一年找到那片罂粟的。我记得这么清楚是因为，那天当玛丽亚说“我害怕花儿”时，她捂着自己的嘴。

有一天，埃斯特法尼、葆拉、玛丽亚和我决定出去散步。我们打破了规矩，家里人从来不许我们自己出去乱逛或散步。我们在一个周六的下午离开埃斯特法尼家的房子。

埃斯特法尼家有一所真正的房子。他们有三个卧室、一个厨房和一个起居室。埃斯特法尼跟她妈妈奥古斯塔及两个妹妹曼努埃拉和多洛蕾丝住在一起。在我们的山里，只有埃斯特法尼的父亲每年从美国回到墨西哥。他还每个月给她们寄钱。多亏了他，我们山里才通了电，因为他付给某人一大笔钱才把这事搞定。埃斯特法尼的父亲在佛罗里达当园丁。我们还知道他曾经在阿拉斯加的渔船上工作。在佛罗里达，大多数时候是美国人雇用他，但他也会为一些逃离国内暴力的墨西哥富人工作。他说这些墨西哥人有很多是绑架受害者。

埃斯特法尼有很多来自美国的玩具。她有一块仙女手表，能够在黑暗中亮起来，还有一只会说话的塑料玩偶，就连它的嘴唇都会动。

她家的厨房里有微波炉、烤面包机和电动果汁机。每个房间的天花板上都装着灯。她们全都有电动牙刷。

埃斯特法尼家的房子是我妈最爱聊的话题之一。在我妈狂饮下第三瓶啤酒后，我知道她只会谈论埃斯特法尼家的房子或我爸了。

她们那些该死的床单居然是跟被子搭配的，她们的毛巾也是跟地板上的圆形小地毯搭配的。她们的碗跟她们的餐巾也是搭配的，你看到了吗？她说，在美国，样样东西都是搭配的！

我得承认她说得对。甚至她们姐妹三个穿的衣服也是互相搭配的。

看看这里的泥地，她说，看看它！你爸对我们的爱甚至都不够买一袋水泥，他就想我们跟蜘蛛和蚂蚁一起在地上走，如果一只蝎子蜇了你并且要了你的命，那都得怪他。

一切都怪他。如果天上下雨，那就怪他搭的屋顶漏雨。如果天气炎热，那就怪他把房子建在离橡胶树林太远的地方。如果我在学校的成绩不好，都怪我是他的女儿，跟他一样蠢。如果我打碎了什么东西，例如一只水杯，都怪我跟他一样笨。如果我说话喋喋不休，都怪我跟他一样从不闭嘴。如果我安安静静地不说话，那还是要怪我像他，自以为高人一等。

有一天，埃斯特法尼的妈妈感冒了，她把自己锁在房间里。于是玛丽亚、葆拉、埃斯特法尼和我决定出去散步。

让我们出去探索一下，玛丽亚说。那时她的声音有些模糊，因为她总用手盖住嘴和从兔唇里露出来的红色的肉。

让我们朝着墨西哥城的方向走走，葆拉说。她一直想去墨西哥城。当我们看墨西哥的地图时，我们全都会立即找到那个城市。我们的食指能够在这个国家的正中间把它指出来。如果墨西哥是身体，那么墨西哥城就是它的肚脐。

我们排成一列从埃斯特法尼家走了出来，顺着鬣蜥踏出来的小径，深入茂密的丛林。我走在最后，玛丽亚走在最前面，用一只手遮住嘴巴。葆拉看起来很美，尽管她妈妈用黑色的马克笔把她的牙齿涂黑，笔上的墨水流得到处都是，甚至她的嘴唇也变成了黑色。埃斯特法尼走在我前面，她穿着搭配成套的粉红色T恤衫和短裤。她已经长得很高，看起来比我们其他人年长几岁。看着我的朋友们，我在心里琢磨：那么我呢？我的模样如何？

你的模样就像你爹，我妈说，你有棕红色的皮肤、棕色的头发、棕色的眼睛和白白的牙齿。（有个老师曾告诉我们，格雷罗人是非裔和印第安人的混血儿。）

玛丽亚、葆拉、埃斯特法尼和我正朝墨西哥城的方向走去，从公路往上攀登，爬得比我们自家的房子还高，这时我们渐渐觉察到丛林不再那么茂密，太阳开始炙烤我们的头顶。我们一边走一边低头看自己的脚，谁也不想踩上条蛇或什么有毒的动物。

只要有机会，我要尽快离开这片可怕的丛林，葆拉说。

我们其余的人知道，也只有她能够离开，因为她长着一张能拍电视广告的脸。

就仿佛越过了一道界线，片刻之间，我们便离开了温室般的丛林世界，来到一片林间空地上。阳光炽烈。当一大片篝火般的罂粟出现在我们面前时，我们在那绚烂的淡紫色和黑色前站住了。

这个地方似乎已经荒废，罂粟之间只有一架被击落的直升机，一堆乱七八糟的金属起落架和螺旋桨。

这片花海闻起来有股汽油味。

玛丽亚的手滑进我的手里。我不需要扭头看她就知道那是她冰凉如苹果皮的小手。我们能够在黑暗中甚至梦中辨认出对方来。

谁都没必要说“安静”“闭嘴”，或“让我们离开这里”。

当我们回到埃斯特法尼家的房子时，她妈妈仍在酣睡。我们四个人走进埃斯特法尼的卧室，关上门。

我们全都知道几架军队直升机从远处飞来的声音。我们也了解百草枯与木瓜及苹果香气混合在一起的气味。

我妈说，毒品贩子付钱给那些骗子，让他们别把该死的百草枯洒在罂粟上，于是他们就洒在山上其他所有地方，洒在我们头上！

我们也知道，种植罂粟的人在其作物上空安设结实的电缆，目的是把直升机弄坠毁，有时候，他们直接用步枪和 AK–47 将它们击落。那些军队的直升机必须回到基地，向上面报告说他们已经喷洒了除草剂，因此他们就到处乱洒。他们肯定不想靠近那些会把他们击落的土地。当直升机飞过来把除草剂洒到我们房子上时，我们能够在所有东西上嗅到氨水的气味，我们的眼睛会火辣辣地疼上好几天。我妈说这就是她总也咳嗽个不停的原因。

我的身体，她说，就是军队要除掉的该死的罂粟。

在埃斯特法尼的房间里，我们发誓绝不泄露发现的秘密。

玛丽亚和我之间已经有一个秘密了。那跟她哥哥迈克有关。他有一支枪。

我妈总是说，迈克是个混蛋，他来到这世上就是为了把一个女人的心弄成碎片。她说打他一出生她就知道了。

玛丽亚是带着上帝那天投向人间的所有厄运出生的，我妈说，上帝甚至给了她一个不配给任何人当哥哥的哥哥。

迈克告诉我们说，他是在下面公路上一个巨大的黑色塑料垃圾袋里找到那支枪的。袋子开了，枪就在那里，躺在破碎的蛋壳中间，金属闪耀着光芒。枪里还有两颗子弹。

我相信他的说法。我知道你在垃圾袋里能找到任何东西。

5

我爸爸能够抓住一条蛇的尾巴，把它拧成两段，就跟撕开一片口香糖那么轻松。他刺耳的口哨声让丛林小道上的鬣蜥匆匆遁走。他总是用歌声讲述着什么。

如果你能唱歌，干吗还要说话？他说。

他总是用两根手指捏着一支香烟，一只手抓着一瓶啤酒，头上戴着一顶窄边草帽。他讨厌像其他人那样戴棒球帽。

每天早上，他会走到公路上，乘坐廉价公共汽车到阿卡普尔科。白天，他在那里的一个泳池边当酒吧招待。那个地方在阿卡普尔科海湾酒店里。我妈会把一件熨烫过的干净衬衣和一条裤子放在一个超市塑料购物袋里，这是他上班要换的衣服。

白天，我会经常望着我妈。随着时光渐渐流逝，她变得越来越兴奋。到晚上八点钟，她知道公共汽车会在下面的公路上停下来让他下车，而他会步行爬上山朝我们走来。我望着她抹上口红，换上一套干净衣服。我们能够在看到他之前先听到他走近的声音，因为他在唱歌，他的歌声穿过阴暗的香蕉和木瓜林传入我们耳朵。

等他终于站到门前时，他会闭上眼睛，张开双臂。我该先拥抱谁？他问。我妈总是先扑进他怀里。她会狠狠地踩我一脚，把我推到后面，甚至在我抢先扑向他之前绊我一脚。

他会坐在我们紧靠厨房的小房间里，那儿有点像我们的客厅。坐在里面，他能够避开蚊虫的叮咬，然后向我们讲述他白天怎样给来自美国和欧洲的游客服务，给他们端去各种饮料和可口可乐。每隔一段时间，他都会为一些电视剧明星或政客服务。这些故事是我们最感兴趣的。

时间一年年地过去了，我妈变得越来越愤怒，开始过量饮酒。我记得那是在玛丽亚做过兔唇手术一年之后。有天晚上，她喋喋不休地唠叨起来。

你爹跟葆拉的妈妈孔查、埃斯特法尼的妈妈以及周围的所有女人睡过觉。是的，他睡过我的所有朋友，睡过她们中的每一个人。让我告诉你这些日子他在跟谁睡觉，跟露丝，她说。

我妈抓起另一瓶啤酒，狠狠地喝了一大口。她望着我，眼睛都快成斗鸡眼了。

那么，蕾蒂戴，她继续说道，你最好认识一下你和蔼可亲的老爹的真面目。他所有的一切。

求你了，妈妈。别再说了。

可别说你妈没告诉你真相。

然后她就号啕大哭起来，泪如雨下。我妈整个变成一场咆哮的暴风雨。

你最好了解所有真相，她啜泣着说。

我什么都不想知道，我说。

还有玛丽亚的妈妈。他也跟玛丽亚的妈妈睡过觉，还有，听我说，那就是诅咒。我告诉过你爹，玛丽亚的兔唇，她那张兔子脸，那张野兔脸，是上帝的惩罚。

我顿时目瞪口呆，一动也不动了，就仿佛有一只近乎透明的白色蝎子就趴在我床铺上方的墙上，就仿佛看见一条蛇盘绕在咖啡罐后面，就仿佛在从学校飞奔回家时等待着直升机将灼人的除草剂喷得全身都是，就仿佛听到一辆

SUV 从公路上拐了下来，它的声音听起来就像狮子，尽管我从未听过狮子的吼叫。

你到底在说些什么呀，妈妈?

哦，我的上帝啊，我妈说着，用手捂住自己的嘴。

她就像是把这些词语吐到自己手掌上一般，仿佛那是一颗让她难以下咽的橄榄核、李子核或一块硬邦邦的肉。就仿佛她试图在那些词语穿过房间钻进我耳朵之前把它们抓住并攥在手里。

当这些词语钻进我耳朵时，它们就像是从一个弹簧上蹦过来的。我的身体就像一架弹球机，那些词语就像金属球一样击中我，乒乒乓乓地上下冲撞着我的胳膊、腿和脖子，直到它们坠入位于我心脏的球洞里。

别那样看着我，蕾蒂戴，我妈说，嗨，也别摆出一副清高的样子，就好像你根本不知道这些闲话似的。

但她非常清楚，我确实对我爸的事情一无所知，至少对这些风流韵事一无所知。有一点她倒是很清楚，因为她是个酒鬼而不是傻瓜，那就是，她刚刚破坏了我爸在我心目中的形象。她还不如朝着我的心脏，朝着那颗以为我爸只爱我一个人的心，开上一枪。

我当时的反应是说了这么两句话：给我一瓶啤酒，别说我年纪太小不能喝酒。

你才十一岁。

不，我已经十二岁了。

不，你才十一岁。

她开了一瓶啤酒递给我。我就像她那样咕咚咕咚地大喝起来。我曾经见她这样喝过数百次。那是我第一次喝得酩酊大醉。我很快就明白了，只需一些酒精，一切问题都可解决。当你喝醉之后，你就不会在乎是否有一大群蚊子在咬你的胳膊，是否有一只蝎子在蜇你的手，或者你的老爸是否是撒谎的王八蛋而你最好的朋友——她有一张裂开的脸——竟然和你是同父异母的姐妹。

现在我明白了，为什么我妈总喜欢说她在玛丽亚出生后就大步流星地跑去看她。她是为了看看那婴儿是否长得像我爸，她当然很像。玛丽亚跟我爸长得一模一样，或许这也是玛丽亚的爸爸离开他们的原因，或许他根本不是被兔唇吓得离开的，或许他压根就不想下半辈子给长着他老婆情夫那张脸的婴儿喂吃的。

那天晚上，当我爸下班后一路高歌地回到家里时，他发现老婆和女儿都醉得不省人事。

第二天早上，我醒来后发现我妈正坐在厨房窗户边的凳子上。我猜他看了我们一眼，然后在深夜里听我妈咆哮着讲述她把什么事情告诉了我以及她为什么要那么做。她肯定说过：你觉得我们能够永远对她撒谎吗？你以为自己是在阿卡普尔科端盘子的弗兰克·辛纳屈[1]啊，你给人们端去龙舌兰酒，上面还插着那些愚蠢的小伞。

我收集了一大堆五颜六色的鸡尾酒小纸伞，是这些年来我爸带回来给我玩儿的。他还给我带来夜光鸡尾酒棒。他帮我把所有这些贴在我的床周围，这样我就可以在夜里看它们发光。他还时不时地给我一些美钞，是那些美国游客给他的。我已经积攒了三十美元。我把这些钱夹在卧室里的一本《阿奇漫画》中。

知道玛丽亚和我是同父异母的姐妹后，我对迈克的感觉也截然不同了。我也把自己的手足之情给了他。从那以后，我就一直给他买生日礼物。

---

[1] Frank Sinatra（1915—1998），美国著名歌手、演员，被公认为20世纪最优秀的流行音乐人之一。

那之后不久，我爸就去美国找工作了。他只回来过几次，接着便永远离开了。能让我们记住他的只有一台巨大的液晶电视和那个盘状卫星天线，就装在我们那一小块地中最高的棕榈树上，当然了，还有玛丽亚。

我该在肉铺里被剥掉皮，然后挂在肉钩子上，我妈说。

那是我爸第一次离开。他甚至都没把醉酒——那是我第一次喝醉酒——熟睡中的我叫醒道别。

他没跟你道别是因为他不敢看你的眼睛！弗兰克·辛纳屈刚从这里逃走，就像一条为自己是狗而羞愧的老流浪狗一样，我妈说。

她让我的所有朋友都知道了我爸甚至都没跟自己女儿道别就离家而去。

两个月后，我们从那座由美国至墨西哥的流言加工厂得知，他到了美墨边境，藏在一辆卡车后部，车轮与减震器之间的车底盘下面，设法从蒂华纳越过了界河，就在圣伊西德罗港那里。然后他顺着五号州际公路进入了美国。

我们还得知，他刚越过边境进入得克萨斯州，就开始一首接一首地唱起歌来。要确认这些流言的真实性，我妈和我只需要这个证据即可。

在我爸越过边境后，他去佛罗里达当了园丁。我妈知道后冲着地面吐了口唾沫说，居然当园丁！那个狗娘养的满嘴谎言，他根本就对园艺一窍不通。

我们俩都试着想象他扛着一把铁锹或耙子种玫瑰的样子。他能够用甜言蜜语引诱自己做任何事情。

在他离家三个月后，他终于给我们寄了点钱来，那时我妈都已经无话可说了。我过了一会儿才弄明白是什么让她闭上嘴，让她那么空虚。我爸寄的钱不是来自佛罗里达那些听起来光彩夺目的地方，如迈阿密、奥兰多或棕榈滩，而是来自一个名叫博卡拉顿[1]的小镇。对我妈来说，这真是太过分了。

她说，他离开这个地方就为了钻进耗子嘴巴？

[1] Boca Raton，在西班牙语里是“老鼠嘴巴”的意思。

6

在下一个学年里，我们学校来了个名叫何塞·罗萨的老师。他来自墨西哥城，正在做社工，被派到我们学校来教我们。我们尽量别太依恋这些来来去去的陌生人，但有时这有点困难。

何塞·罗萨是个 23 岁的英俊小伙子，他被派到我们的女儿国来了。

葆拉、埃斯特法尼、玛丽亚和我眼睁睁地看着我们的妈妈们爱上这个年轻教师。每天早上，我们的妈妈们都会在我们的午餐袋子里放好吃的给他，或者在学校周围流连忘返。

这也是葆拉、玛丽亚、埃斯特法尼和我第一次为我们被打扮得毫无魅力或穿上男孩衣服而抗议。我们都盼望何塞·罗萨的目光落到作为女人的我们身上。

唯一对他表示抗拒的是埃斯特法尼。她是头一个看到他顺着小路朝我们学校走去的人。学校只有一间教室，位于丛林中那棵奄奄一息的橙树下。她看见他穿着城里人的衣服，留着城里人的发型，踏着城里人的步伐走来，然后她听到他用城里人的腔调说话。

谁会得到他那种城里人的亲吻？谁会得到他那摩天大楼式的吻？埃斯特法尼问。

我们中间只有埃斯特法尼去过墨西哥城。事实上，她去过好多次。她妈妈病了，他们每隔几个月就去那里看医生。埃斯特法尼的妈妈差点死掉。我们全都为此忧心忡忡，因为那时埃斯特法尼只有九岁。埃斯特法尼的爸爸离家去了美国，在阿拉斯加的渔船上工作，没法给家里帮忙。埃斯特法尼说她妈妈变得越来越瘦，不管她怎样想方设法地增加体重都无济于事。她妈妈的黑色皮肤开始变成银灰色。

然而事实真相是，埃斯特法尼的父亲并没有带回来阿拉斯加帝王鲑、虹鳟或北极红点鲑的气味，他没有带回一袋松针、一沓灰熊照片或一片老鹰羽毛。他带回来的是艾滋病病毒，然后传染给埃斯特法尼的妈妈，就像送给她一朵玫瑰或一盒巧克力一样。

在奇尔潘辛戈，那家小卖部的门上有很多弹孔，透过这些圆形伤口，就可看到它阴暗的吧台。小卖部的隔壁就有一个诊所，只需二十比索就能在这里做一次艾滋病病毒测试。男人们在墨西哥与美国之间来来往往，而女人们则年复一年地顺着大街走过小卖部，来这里做艾滋病病毒测试。有些人不想知道结果。那些女人祈祷上天保佑。

当埃斯特法尼的妈妈被诊断出患有艾滋病后，她爸爸就离开了。他翻来覆去又翻来覆去地扇了她三个耳光，说她是娼妓。他说，如果她有艾滋病，那是因为她对他不忠。我们全都知道这是不可能的。我们山里已经没有男人了。

埃斯特法尼家的房子曾经让我们如此羡慕。但在那之后，它就开始逐渐破败下来。那些电器停止了运转，但埃斯特法尼的妈妈仍然留着它们。那些玩具坏掉了。彼此搭配的毛巾和小地毯也渐渐磨损。

埃斯特法尼声称自己见过很多城里人，因为她跟她妈妈去过墨西哥城，所以我们那位新来的老师并不能让她眼前一亮。事实上，她曾经说我们的老师何塞·罗萨不如她见过的其他男人那么帅。

在八月一个炎热的早晨，当何塞·罗萨走进我们的教室时，我们仍然能够嗅到他周围的都市气息。他身上的汽车味儿、尾气味儿和水泥味儿。他的肤色很白。

他看起来就像一杯牛奶，玛丽亚说。

不，像个电影明星，葆拉说。

不，埃斯特法尼看法不同，他看起来像条虫子。

他向我们自我介绍并跟我们每个人握手。我握着他的手，那只手仍然属于那座城市，让人感觉既凉又干，它没有剥过芒果皮或木瓜。他还戴着一顶草帽。后来他告诉我们说那是一顶巴拿马草帽，我们觉得它很精致。除了我爸，他是我们见过的第一个不戴棒球帽的男人。何塞·罗萨有非常卷曲的黑发和明亮的棕色眼睛，眼皮上长长的睫毛朝着上面的眉毛微翘。

当我妈看见他的时候，她说，嗯，蕾蒂戴，我们最好也为他挖一个地洞！

开学第一天，我们带着自己的妈妈去注册，也跟这位新老师正式见了面。这是我们在新学年开始时的例行公事。在开学第一天，我们看起来就是自己的本来面目。我们又脏又乱，出生于丛林，因此我们看起来就像木瓜树、鬣蜥和蝴蝶的亲戚。

在见过戴着草帽的何塞后，人们蜂拥冲向露丝的美容厅。我们望着自己的妈妈洗头、美发。长着卷发的妈妈想把头发拉直，长着直发的想烫卷。只有我妈坚持要把自己的黑发染成金发。露丝很高兴，因为她一直试图让每个人都染发。

我们一边望着露丝打扮我们的妈妈们，一边坐在美发椅上转圈，或者望着那些巨大的客车从美容厅弹孔密布的窗户外驶过。我们自己也渴望做做美发和美甲，但妈妈们不许我们做。

露丝从我妈湿漉漉的头发上取掉毛巾，此时她黑色的卷发已经变成黄色的卷发。当我们望着她如同棉花糖般的黄色头发时，美容厅里顿时鸦雀无声。

开学第二天，人人都身着盛装，就跟过圣诞节似的。妈妈们棕色的脸蛋上化了妆，抹了口红。埃斯特法尼的妈妈甚至还戴着假睫毛，它们看起来就像从她疲惫而病态的脸上伸出来的触角。

何塞·罗萨的到来，就像一面巨大的镜子落到丛林里，每次我们看着他，都仿佛看到了我们自己。我们身上所有那些不完美的地方，我们的皮肤、伤痕，以前从未留意到的东西，都可以在他这面镜子里看到。

我妈第一个邀请他来我家吃晚饭。当他看到我对语法有多了解时，他会感到难以置信的，我知道拟声词和动词，她说，我确实知道，对吧？

她花了一整天打扫我们的泥地，擦掉所有物品上的灰尘。自从我爸离开后，她就再没打扫过房子。

我能够理解我爸离开我们家的原因。因为丛林，还有我妈（尽管那时她还没变成后来那个愤怒的酒鬼），但我无法理解他怎么可以离开我。

等何塞·罗萨来到我们干干净净的住所，我们就在外面落座，就在那棵木瓜树下。我妈和何塞喝啤酒，我喝可口可乐。我妈把啤酒瓶递给何塞·罗萨时，没有递给他酒杯。在格雷罗，我们全都直接抱着酒瓶喝。

在造访我们家时，何塞一直对我们山里抱怨个不停。他不明白我们为何从不用玻璃杯喝饮料，不明白我们明明有房子但夜里却差不多总是睡在屋外。当他抱怨说每家都有电视机、卫星天线和洗衣机之类的设备却没有家具，而且仍然生活在泥地上时，我们静静地听着。

何塞·罗萨说我们装电线的方式其实是非法的，因为我们是从下面公路沿线的路灯灯柱上偷电，顺着小道穿过树丛把电线拉上来。他无法理解我们为何如此频繁地吃牛肉，而吃的水果蔬菜却那么少。他滔滔不绝地说个不停。何塞·罗萨甚至还说学校附近那些大蟾蜍是他这辈子见过的最难看的东西。他无法忍受那些巨大的黑蚂蚁，它们占据了他那所狭小的房子，当然，这里的炎热也让他难以忍受。

现在，我的金发妈妈一瓶接一瓶地喝着啤酒，听他唠叨。她的妆浸泡在汗水中，似乎要从她脸上滑下来，融化并流进她的脖子里。等她的口红弄脏了五只啤酒瓶的瓶口，而何塞·罗萨说他甚至在这么炎热的地方也必须穿着短袜，因为他毕竟是作为穿短袜的人被养大的，这时她已经沮丧至极。

然后他说出了那句话。

他说，你们所有人怎么能够这样生活，在一个没有任何男人的世界里，怎么活下去？

我妈吸了口气。地上的蚂蚁仿佛也停止了移动。何塞·罗萨的问题在炎热潮湿的空气中停顿下来，仿佛说出来的话能够悬挂在空中。仿佛我伸出手去就能摸到“怎么”两个字。

你看电视吗，罗萨先生？我妈用她生气时特有的缓慢语调问道。

她把手里的空啤酒瓶放到身旁的地上。

我数了数，她身旁的地上已经有六个空啤酒瓶。巨大的黑蚂蚁已经在一些瓶子里爬进爬出了。

你们男人还不明白，对吧？她说，这里是个女儿国，墨西哥属于女人，如果你看过电视，你就会看到有关 Amazon 的节目。

亚马孙河？何塞·罗萨问。

她跟他讲述那些阿玛宗女战士的故事，告诉他说 Amazon 是没有乳房的意思。[1]

我妈拥有电视知识。她是这么说的。

不，不，我不知道这个故事，何塞·罗萨说。

你得看看历史频道，老师先生。我们一直看历史频

[1] 阿玛宗女战士是古希腊神话中一个全部由女性组成的尚武善战的民族，传说她们为了方便拉弓而割去右乳。

道，对吧，蕾蒂戴？

何塞·罗萨不想谈论那些希腊人，也不想让人知道他对阿玛宗民族一无所知。

是的，那很有趣，可是男人们在哪里？他问，你们知道他们都到哪里去了吗？

哦，当然了，我们知道。他们不在这里。

我妈站起身来，走进我们那所只有两个房间的房子。她不是真的走进去的，而是趔趔趄趄地滑进去的，她的脚在她的塑料人字拖里向前滑得太远，因此她的脚趾就像爪子一样蜷曲在拖鞋前端。

在这里等着，别动，说着她就在我们那所闷热、粗陋的房子后面的黑色阴影中消失了。

这是何塞·罗萨和我第一次单独待在一起。他和蔼地看着我，用他那种在我听来一直十分古怪的城里人腔调问我，她总是喝这么多吗？

我知道我妈进屋后会因为啤酒和炎热而昏睡过去。我能够从她的步态判断出来，此刻她的满头金色卷发正铺撒在墙角一张轻便小床的枕头上，她不到深夜是不会醒来的。

跟我来，我有东西要给你看。

我们俩都站起来，我的老师跟着我绕过这所小房子来到屋后。

在那里，我说，你瞧，这是啤酒瓶墓地。

看到我妈那个由成百上千只棕色玻璃瓶堆成的巨大坟冢和上面成群的蜜蜂，何塞·罗萨一动不动地站在那里，仿佛停止了呼吸。

在啤酒墓地的右边是我们的晾衣绳，系在两棵木瓜树之间。我妈虽然打扫了屋子，但她忘记了收衣服。何塞·罗萨看着我们那些黄色和粉红色的内衣裤软塌塌地悬挂在无风的空气中。这些短裤到处是洞，有些的裆部变成了褐色，被磨得薄薄的，因为我妈过分用力地刷洗那上面的经血污迹。

你究竟多少岁了？当我们转身绕过房子回去时，何塞·罗萨问道。他喜欢用“究竟”和“相当”之类的词语，它们似乎是些彬彬有礼的都市词汇。

现在我得走了，他说。

一旦我妈喝多了之后，人人都想离开。我都习惯了。

是的，她现在已经睡着了。我送你到下面的公路上去。

听说我要送他，他如释重负。我知道城里人害怕丛林，他的恐惧感似乎比大多数城里人都更强烈一些。

你为什么会到这里来？当我们顺着陡斜的山坡朝公路走去时，我问道。他住在露丝美容厅上面的一间小屋子里。

我望着他穿着城里人的黑色皮凉鞋一步三挪，以免踩上那些巨大的红蚂蚁。他来来回回地低头看看自己的双脚，又抬头看看树林。随着白昼渐渐变成黄昏，几十只蚊子轻轻落到他的脖子和胳膊上。他挥手想赶走它们。丛林知道这个城里人来到了我们中间。

来到公路上，我告诉他说家里不许我过马路，现在我必须回家了。

你知道夜里不能外出，对吧？我说，有人告诉过你吧？

夜晚属于毒品贩子、军队和警察，就像它也属于蝎子，我说。

何塞·罗萨点点头。

不管怎样，你都别离开你的房子，即使你听到枪声和呼救的声音，好吗？

谢谢你，说着他握住我的一只手，俯身在我面颊上亲了一下。

在丛林里，没人会握别人的手或者亲别人的面颊。这是城里人的习惯，或者说仅存在于凉爽气候中的习惯。在我们这片炎热的土地上，触摸别人只会让人感觉更热。

当我回到我家的房子时，我妈仍在昏睡。我过了几秒钟才辨认出她在床上的形体。我忘记她染过头发了。那堆金黄色的蓬蓬乱发覆盖着她的小枕头。

我妈的双手搁在她肚子上。当我靠近她时，我能够看见她的手指捏着什么亮闪闪的东西。

第二天早上，我妈看起来很沮丧。她甚至都没法看我一眼。

那么何塞·罗萨啥时候离开的？他走的时候我都没注意到，她说。

你昏睡过去了，妈。你那会儿在想些什么？他是我的老师！

我妈踱着步子，拉扯着她染过的金发。我不知道她是生气还是伤心。

最后她说道，我只是觉得自己想翻肠倒肚，翻肠倒肚，好像我的骨头露到了外面，我的心脏悬挂在这里，在我胸膛中间，就像个大徽章。实在太难受了，所以我必须躺下。蕾蒂戴，我知道那个男人能够看到我的肝脏和脾脏，他只需弯弯腰，就能像摘葡萄一样从我脸上摘下我的眼珠子来。

你拿着枪干吗，妈妈？

我妈愣住了，沉默了一会儿。

什么枪？

你拿着枪干吗，妈妈？

有些男人需要杀人，我妈回答说。

我在她旁边坐下，开始轻轻地搓她的背。

现在我得去上学了，妈妈，要不然我就迟到了，我说。

为什么这个地方就没有一家挤满男人的酒吧呢？这样当你喝醉之后就会有人亲你。

我会自己去上学的。我得走了，妈妈。

我任由她躺在地上，然后走出了房子。

当我朝山下走去时，成群结队的蚂蚁正排成几行顺着山坡朝下面的公路爬去。一些蜥蜴也在朝同样的方向移动，速度很快。我头顶上方的鸟儿也受惊飞走了。

那天早上，山上的一切似乎都在朝那条黑色的沥青之河流淌。

然后我知道了原因。

远远地，远远地，我听到了直升机的声音。

我使出全身力气飞快地朝学校跑去。

所有人都已经进了教室，那扇小门也关上了。

让我进去，我大叫着。

何塞·罗萨打开门。我从他身旁猛冲过去，跑向玛丽亚和埃斯特法尼，她们正站着窗子旁边抬头仰望。

葆拉在哪里？我问。

我的朋友们摇摇头。

何塞·罗萨一脸困惑，不知所措。玛丽亚解释说直升机意味着军队要来给罂粟地喷洒百草枯了。

所有人都在飞跑，找地方躲起来，她解释说，你永远不会知道他们要把除草剂喷到什么地方。

我们能够听到直升机的声音越来越近，直到它终于飞过我们那所只有一间教室的小学校，扬长而去。

你们有没有闻到什么气味？埃斯特法尼问。

我没有闻到，玛丽亚说，没有。

何塞·罗萨坐下来，从他的真皮公文包里拿出一小盒白色的粉笔，朝黑板走去。他竖着写出四行字，各行的标题分别是历史、地理、数学和西班牙语。

我们从书包里拿出练习本和铅笔，开始抄写何塞·罗萨写的东西。

当我写下“历史”这个词时，我闻到了气味。等到我写下“西班牙语”时，我脑子里已经确信自己闻到了百草枯的气味。

我们三个人都知道。何塞·罗萨不知道。

我们还意识到葆拉不在这里。

随着那股气味越来越浓，我们能够感觉到那种毒药正从教室屋门下溜进来。

就在玛丽亚蠕动着即将站起来并坚持要我们走出教室时，葆拉推开教室门，气喘吁吁地哭着走了进来。

她被毒药浇透了。

葆拉在哭，紧闭着眼睛，双唇紧紧地抿在一起。

我们都知道，如果百草枯钻进嘴里，你就会死掉。

她一路飞奔，想抢在直升机的前头，匆忙中弄丢了人字拖和书包。她的衣服湿透了，头发上滴着那种灼人的液体。葆拉一直紧闭着眼睛。那种除草剂还会让你的眼睛瞎掉。它灼伤一切东西。

玛丽亚第一个从自己的椅子上跳了起来。

为了不碰葆拉，玛丽亚用笔记本牵着她走进教室后面那个小小的卫生间。

埃斯特法尼和我跟着她们。在卫生间里，葆拉脱掉了衣服。我们试着用水龙头里的水把她冲洗干净，但水流得太慢，于是我们就从马桶里舀水。我们一遍又一遍地冲洗她的眼睛和嘴巴。

我能够尝到那种毒药的味道。在我的皮肤蹭到它的地方，我能够感觉到灼痛，它能够将一朵光彩照人的罂粟花变成一滴葡萄干大小的焦油。

何塞·罗萨默默地注视着这一切。他从外面朝卫生间里窥视，用胳膊捂着嘴和鼻子，白色的棉布衬衣衣袖压在脸上。

我们冲洗掉了毒药，但我们非常清楚，毒药已经渗入她体内。葆拉赤身裸体地站在小小的卫生间里，颤抖着，既没有说话，也没有哭泣。

埃斯特法尼想出个主意，用教室里挂的那些破损的窗帘将她包裹起来。

我们领着她穿过丛林，朝下面的公路走去，然后再次爬上山坡，走向她家的房子。虽然我们提出把自己的塑料人字拖给她，但葆拉拒绝了，她光着脚一瘸一拐地走着。她担心通往她家的小路沿途的草叶上还沾着百草枯，担心它会把我们灼伤。

我们把葆拉交给她妈妈，她只说了这么一句：这不过是早晚的事儿。

我们知道她没法像清洗一只瓶子那样清洗葆拉，无法将海绵伸到她的体内，然后把里面的毒药洗掉。

在我家里，我妈坐在房子后面的空地上，望着啤酒墓地。她的头发竖立在空气中，就像一团黄色的光晕。那些棕色的玻璃瓶和银色的罐头盒在近午的阳光照射下，闪烁着或强或弱的光线。

我在她身边坐下。

她扭头望着我，然后抬头看看太阳说，你这么早就回来干什么，啊？

我仍然在颤抖。

哦，我的老天，蕾蒂戴，她说，出什么事了？

她朝我俯下身来，用胳膊搂着我。我把事情全部告诉了她。

闺女，我的孩子，这当然是个不祥之兆。我们引起别人注意了。兔子急了也会咬人的，她说。

她说得对。后来，当葆拉被抢走后，我就知道这个日子是个不祥之兆了。她是第一个被选中的。

那天晚上，埃斯特法尼、玛丽亚、葆拉和我第一次来了月经。我妈说那是因为满月的缘故。埃斯特法尼的妈妈说这是因为那些毒药触发了我们体内的什么不好的东西。

但我们知道到底发生了什么。

何塞·罗萨已经看到了赤裸的葆拉。他看到了她深色的皮肤、她的双乳以及那一大圈棕色的乳晕和黑褐色的乳头，还有她双腿之间黑色的阴毛。他看到了她少女的青春美貌。在那一刻，我们变成了一个女人，就仿佛他看到了我们所有人的身体。

7

我答应我妈，我决不跟玛丽亚说她和我是同父异母的姐妹。

我不想把这件事捅破，我妈说。

我不会告诉她的。

随着玛丽亚一天天长大，她兔唇上的伤疤逐渐消失，她看起来就跟我爸一模一样。如果他看见她，他会以为自己正注视着一面镜子。

我妈也注意到了。她会静静地盯着玛丽亚，审视着她的脸。她在挣扎，既想把玛丽亚搂进怀里亲她，又想狠狠地扇她耳光。

我爱玛丽亚，在这个被上帝遗忘、酷热难当、如人间地狱般的蛮荒之地——我妈就喜欢这么称呼我们的山村——玛丽亚是所有人当中最善良的一个。她会绕开一只巨大的红火蚁而不愿将它踩死。

何塞·罗萨当我们老师的那年，我记得发生了一连串的事情。

头一件事是他的到来，紧接着他造访我家，而我带他去看了那个啤酒坟墓。第二件难忘的事是葆拉被淋到除草剂。

那一年，我还可以用我妈金发根部长得越来越长的黑色发根来丈量时光的流逝。等到那个学年结束时，她的黑头发差不多已经长到齐耳长。她再没有把黑发染成金色，甚至也没去修剪头发，因为露丝的美容厅已经关门。而露丝的美容厅关闭这件事，是那年发生的第三件大事。

谁都没看见什么。谁都没听见什么。什么也没有留下。

我们再没有听到露丝的消息。

埃斯特法尼祖母索菲娅经营的那家 OXXO 便利店，就在距离露丝美容厅一个街区的地方。那天是 12 月 10 日，她比往常更早起床打开店门。索菲娅期盼着朝圣者如潮水一般从她的店前经过，顺着墨西哥的土路和公路行进，到墨西哥城去参加 12 月 12 日的瓜达卢佩圣母日[1]。

索菲娅像往常一样走过那家美容厅。那扇用透明绿色塑料波浪板做的门朝着大街豁然敞开。她瞥了一眼里面，叫了一声露丝的名字，但没人应声。

后来她解释说，她永远弄不清楚地上的鲜红斑点究竟是血还是滴落的红色指甲油。

没人会蠢到去报警。我们只是等待着。

当我们经过那所门前依然挂着“幻想”招牌的美容厅时，我们会瞥一眼屋里，希望能看到她依然在里面。然而我们只看到两台立式吹风器，我们的妈妈们曾经坐在那下面；还有两个空荡荡的水槽，露丝曾经在那里给我们洗头。窗台上那架犹太大烛台也依然矗立在布满弹孔的玻璃窗前。

我们全都知道她被抢走了。

外面有那么多人死掉，我们再也找不到活着的他们了，我妈说。

何塞·罗萨因露丝的失踪深感不安，他花了两个月时

[1] 墨西哥最重要的宗教节日，大批来自墨西哥国内外的信徒都会赶到瓜达卢佩圣母大教堂参拜圣母原像，并参加宗教仪式。

间，想从墨西哥城找人来调查。

在那座山上，只有一个地方能让我们的手机接收到十二公里外一座信号塔传来的信号，就是我们上学路上的一小片林中空地。总有人待在那地方，要么是在打电话，要么是在等着接一个身在美国的亲人打来的电话。那片空地将我们与世界联系起来。好消息也罢，坏消息也好，都是从这里传给我们的。我妈把那里称为“德尔斐”[1]，得名于她看的一部有关希腊的历史纪录片。

丛林的声音与手机发出的声音混杂在一起。各种各样的手机铃声充斥在潮湿的空气中，与之相伴的是女人尖锐的声调。

在这片空地上，总有女人在等待着获取丈夫或儿子的消息。有些日复一日、周复一周、月复一月、年复一年地坐在那里，而她们的手机铃声从未响起。

有一次，在我爸永远离开我们之前，我妈在那里跟我爸通话，我听到她说，我想死你了，简直都能把这部电话吞掉。

---

[1] Delphi，古希腊城邦共同的圣地。

居然有个男人在那里转悠，这未免有些奇怪。何塞·罗萨的在场让其他所有人都变得有点腼腆。当他跟那些律师、警察和法官说话，试图找人来这里调查露丝失踪的事件时，我们入迷地听着。

有天下午，为了安慰他，埃斯特法尼的祖母索菲娅把双手放到他肩膀上。

一个女人失踪不过就像又一片叶子在暴风雨中顺着水沟流走，她说。

没人关心露丝，我妈补充道，她就像一辆小汽车那样被偷走了。

让那十二个月与众不同的第四件大事发生在那个学年的最后一个星期，那是七月份。就发生在何塞·罗萨要离开我们返回墨西哥城的前一天。

当时我正在教室里帮何塞·罗萨打扫卫生，取下他在这一年中贴到墙上的那些东西。他要为新老师把教室准备好，后者将在八月中旬抵达。

墙上贴的世界地图被放到一旁。我曾经看着它上面非洲和澳大利亚的形状，注视着表示大洋的深蓝色，而如今，那里只剩空荡荡的砖墙了。

我们曾经用来包裹葆拉赤裸身体的窗帘从未更换过。

我靠着墙壁，那里曾经挂着一幅描绘彩虹以及光线进入和钻出雨滴的示意图。

我也很悲伤，何塞·罗萨说着朝我走来。

他闻起来有股加了奶和糖的红茶味。

他把双手放到我的肩膀上，将他的嘴唇盖到我的嘴唇上。

何塞·罗萨嘴唇的味道像玻璃窗、水泥和通往月球的电梯。他用自己二十三岁的手捧着我十三岁的脸蛋，再次亲了我一下。这个摩天大楼亲吻归我了。

8

快跑到地洞里藏起来。

你说什么，妈妈？

快跑到地洞里藏起来。马上。嘘。

什么？

嘘。嘘。

当我妈看见远处有一辆棕褐色的SUV时，她正好在外面。与其说她是亲眼看到了它，不如说她是听见了它的声音。昆虫和鸟儿们都安静下来，丛林中一片寂静。

赶紧，她说，快跑，快跑。

我从大门跑了出去，跑向房子旁边一棵小棕榈树下的一小块空地。

地洞上覆盖着干枯的棕榈叶子。我把那些扇子似的叶子挪到一旁，慌乱地钻了进去。然后从里面伸手抓过那些叶子重新盖住洞口。

地洞太小了。这是我爸在我六岁大时挖的。我必须侧身躺下，膝盖抵着胸膛，就像我在电视上看到的那些古墓里的骷髅一样。我能够看见一缕缕光线穿过那些覆盖在洞口上的叶子照到我身上。

我听到汽车发动机靠近的声音。

那辆 SUV 爬上山坡驶向我们的小房子，并在空地上，就在地洞和我的上方，停了下来，这时我周围的地面都在颤动。

我躺在车子的阴影里，自己那个小小的空间一下子变得阴暗起来。透过叶片，我能够看到这辆 SUV 的底部，那是由各种管子和金属构成的网络。

在我的上方，发动机被关掉了。我能够听得到手刹被拉上的声音。驾驶座那一侧的车门打开了。

一只棕色的牛仔靴从车里迈出来，高鞋跟，但那是正方形的男式鞋跟。

那双靴子不属于这片土地。在这么炎热的气候中，没人穿那样的靴子。

当他敞开车门站在车外时，他直瞪瞪地望着我妈。从地洞里，我只能看见他的靴子和她红色的塑料人字拖彼此相对。

日安，大妈，他说。

这个男人的口音也不属于这片土地。那双靴子和他的口音都来自墨西哥北部。

这里总是这么热吗？他问，你觉得这天有多热呢？

我妈没有吱声。

唉，大妈，把枪放下。

另一扇车门打开了。

在我的地洞里，我没法转过身去朝四周看，于是我就只是听着。

从 SUV 副驾驶座那一侧，另一个男人迈了出来。

你想让我开枪把她打飞吗？第二个男人问道。说完他就咳嗽起来，有些气喘。他说话时带着一种来自沙漠的哮喘声，就像响尾蛇和沙尘暴的声音。

你女儿在哪儿啊？第一个男人问道。

我没有女儿。

啊，你有的。别对我撒谎，大妈。

我听到一颗子弹击中那辆 SUV 的声音。

这辆车子在我上方摇晃了一下。

我听到机枪开火的一连串嗒嗒嗒嗒声，以及子弹击中我家土砖墙的声音。

然后枪声停止了。丛林鼓胀又收缩。昆虫们、爬行动物们和鸟儿们都一动不动，也没有任何东西互相摩擦的声音。天空阴暗下来。

机枪打掉了山里的风。

我们是你最好的希望，大妈，第一个男人说。

她出生后我就在这地方留下了记号，不是吗？我听见第二个男人透过尖细如哨音的气喘声说道。

两个男人回到车上，猛地关上车门。驾车的家伙转动钥匙发动引擎。当他把靴子踏到我上方的加速器上时，我的地洞里满是汽车尾气。我张开嘴，吸入那些有毒的烟雾。

车子往回倒了倒，然后就顺着小路开走了。

我深深地吸了口气。

我吸入那些有毒气体，就仿佛那是花朵或水果的芳香。

我妈让我在地洞里再躲上俩小时。

在我听到鸟叫声之前，你不要出来，她说。

等她揭开地洞上的扇形叶子，扶着我钻出来时，天都快黑了。我们的小房子被射进几十颗子弹。甚至那棵木瓜树也中弹了，在它柔软的树皮上，一个个弹孔里流出甜甜的树液。

瞧瞧那里，我妈说。

我转过身。她正用手指指着地洞。

我瞥了一眼里面，看到那里有四只外壳白化的蝎子，最致命的种类。

那些蝎子对你真够仁慈的，比任何人都更仁慈，我妈说。

她脱下一只人字拖，将它们全部拍死了。

仁慈不是礼尚往来，她说。然后她用手把它们掏出来，扔到一旁。

当我们拿起那些扇形叶子，将地洞再次盖上时，我们发现一只蓝色的塑料哮喘呼吸器。它就在第二个男人朝我们的房子和树木开枪时所站的地上。

我们该拿它怎么办？我问，我害怕碰它。

我打赌他不会倒回来拿它，我妈说。

可是那个人没法呼吸。

把它留在那里就是了。别碰它。

第二天，在山上那块有时能接打手机的空地上，我们得知那些人成功地劫走了葆拉。

玛丽亚独自坐在一棵树下捏她的兔唇伤疤。埃斯特法尼的妈妈奥古斯塔笔直地站在空地中间，把手机高举在头顶上方，希望接到信号。而埃斯特法尼的祖母索菲娅，则在狂乱地跟人说着话。

葆拉的妈妈孔查坐在那里，凝视着她的电话，仿佛她的眼睛能够命令电话铃声响起来。给我打电话，给我打电话，葆拉，给我打电话，她对手机低语着。

他们先来的我们家，我妈说。

孔查抬起头来，看着我。你躲进地洞里了吗？她问。

是的。我在洞里。

葆拉没来得及躲进去。那些狗都没叫。我们没听见他们到来的声音。那些狗都没叫。

孔查养了几条最凶狠、可怕的狗。它们都曾经被汽车撞伤，是她从公路上把它们捡回来的。她至少有十条狗，都待在她家房子周围那些树荫下乘凉，大多数是丑陋的杂种狗。我妈过去经常说那些狗需要毒药。

孔查把手机高高地举到头顶上方。

我没听见他们杀那些狗，孔查说。

他们把那些狗杀了？

葆拉和我正在看电视，孔查说，我们刚洗完澡，身上裹着毛巾，坐在沙发上歇凉。我听见身后传来声音。他都能够摸到我们。我没听到他的声音。他用一把手枪指着我，另一只手冲着葆拉弯了弯手指。你跟我走，他说，但又不是真的用嘴说。他用弯曲的手指做了几下这样的手势。葆拉站起来，抓住裹在身上的毛巾。她朝那个男人走去，他们俩走出门外，上了那辆 SUV。她还裹着毛巾，就裹着毛巾。

孔查跟着他们走到外面，望着那辆 SUV 消失在下面的公路上。她房子周围的地上到处是她那些死狗血淋淋的尸体。屋里的电视仍在大声播放着节目。

光着脚，裹着毛巾，孔查又说了一遍，摇着头。

在她那一小片土地的边缘，一棵柠檬树下，是她多年前为葆拉挖来藏身的地洞。

我把那些狗埋在那里了，孔查说，我把它们一只只叠起来埋在葆拉的地洞里。

那天迈克也在那块空地上。他很有节奏地嚼着口香糖，就用他的门牙。那团白色的口香糖在他嘴唇后时隐时现。我有好几个星期都没看见他，因为他大部分时间待在阿卡普尔科。他总是站在远离其他所有人的地方，高举着胳膊，让电话在空中搜索着信号。他身上至少有五部电话，分散放在他的所有口袋里。它们发出各种各样的铃声、振动音、钟声、饶舌乐声和电子音乐声，让他听起来像个音乐盒。他说他有美国的电话、墨西哥城的电话、佛罗里达的电话和几部阿卡普尔科的电话。是玛丽亚告诉我他在卖大麻的。这也是他有钱的原因。我们才不在乎呢。多亏了迈克，我们山上每个月都跟过圣诞节似的。他总是给每个人都买礼物。

如果迈克在家，他就待在上面这块空地。他会收到来自美国和欧洲各地的电话。他甚至还有脸书和推特账号。似乎每个美国人都知道，通过迈克可以买到墨西哥的毒品。玛丽亚说迈克在美国很有名。在美国节假日期间，那些游客，尤其是放春假的孩子们，会在抵达阿卡普尔科之前从他这里预订毒品。他的绰号是“海浪先生”。

迈克成天塞着耳机听 iPod，所以别人不可能跟他聊天。

他听着嘻哈乐和饶舌乐，身体总是随着节奏摆动和摇晃。甚至他说话都带着节奏。如果他有梦想，那就是在纽约城里当个嘻哈乐舞者。如果他有梦想的话，可是他没有。他的生活从一个周末移动到另一个周末，就仿佛从周一到周日的那七天就是一个季节。

在葆拉被抢走的那天，他关掉了 iPod，把它塞在牛仔裤前裤兜的深处。

那一天，所有人的手机都无声无息。就是这样。这就是葆拉被抢的声音。是歌声。

9

第二天是没有葆拉在的头一日。

新老师采用了截然不同的工作方法。罗萨先生是个勤勉的教师，按照公共教育秘书处的课程授课。我们的新老师拉斐尔·德·拉克鲁斯才不在乎这个呢。他只想早日结束自己一年的社会服务，然后就万事大吉，回到他故乡的小城瓜达拉哈拉，他的未婚妻住在那里。我们根本不上课，而是坐在课堂里听音乐。他把一台 CD 播放机和两个便携式音箱带到教室来。我们以前从未听过古典音乐。

每天早上，我们来到学校，坐在椅子上，等待德·拉克鲁斯先生大驾光临。他总是迟到。等到他终于露面了——有时是在迟到俩小时后——他会走进屋子，从一个小公文包里拿出 CD 播放机和音箱，说，你们居然全都还在这里呢。我一直拿不准那句话到底是什么意思。我们还能去哪里？

他只播放柴可夫斯基的音乐。我们教室里飘出《天鹅湖》的乐声，它穿过我们的丛林，越过我们的家，以及覆盖着罂粟和大麻的山丘，顺着油乎乎的黑色公路，越过马德雷山，直到天鹅们跳舞的声音覆盖了整个乡村。

他肯定是个同性恋！我妈说。

这个新老师对我们毫无兴趣。我喜欢他。他到学校来，播放音乐，然后回到他那个只有一间屋子的住处，再也不出门，直到第二天。可是，在教室里，有四个或五个小时的时间，他会让我们交叉双臂，趴在我们白色的塑料书桌上，用头枕着胳膊，闭上眼睛，听音乐。

在这些音乐会上，埃斯特法尼会渐渐睡着，醒来后抱怨说事实上这音乐让她感觉身上发冷。在她弄明白这就是我们整个学年要做的事情后，她就带了一张毯子到学校，盖住自己的后背和肩膀。随着埃斯特法尼的妈妈奥古斯塔因为艾滋病而越来越衰弱，埃斯特法尼也变得越来越冷。仿佛做母亲的吸走了女儿身上的热量。

玛丽亚是周围昆比亚舞和萨尔萨舞跳得最好的人，根本不在意听听这种音乐。只要不做算术题，她就很高兴。

在那些早上，我用头枕着胳膊，闭上眼睛。在柴可夫斯基的音乐里，我听到大地的震动声，我听到树根在泥土里伸展，我听到罂粟绽开花瓣。

我寻找葆拉的声音，可是却什么都没听到。

我确信她已经死去。我们全都确信她已经死去。因此，当她回来后，我妈说，哦，我的天，棺材盖居然打开，她从里面走出来了。

那是我们上学的最后一个学年。小学毕业证书是一道迈出童年的大门。事实上，到那时我们中有些人已经十二岁、十三岁甚至十四岁了，因为我们总也无法毕业。有好多年，老师们只得无奈地放弃，中途离开，有时好几年都没有老师露面。

我们能够毕业的唯一原因是德·拉克鲁斯先生根本不在乎我们是否学到了知识。他宣布我们不会有期末考试，他会在毕业证上签字，然后尽快离开这里。我确信他认为自己获得了巨大的成功，因为他居然能够毫发无损地离开我们这个地方，身上连一个弹孔都没有。

既然学业已经完成，我们就不得不考虑自己该做什么了。埃斯特法尼知道自己别无选择。她将在随后几年里眼睁睁地望着她妈妈死去。玛丽亚打算等等再看。迈克给家里带回来更多的钱，催促玛丽亚和他母亲离开这座山，搬到阿卡普尔科去。他说他打算给她们买一所房子。甚至都没人问葆拉想做什么，因为她现在就像婴儿一样活着，整天被锁在她家房子里。

我妈跟我说，你不能在马路边上卖鬣蜥，你不能到阿卡普尔科去上美容学校，你不能去墨西哥城当女佣，你不能到边境上的工厂上班，你不能待在这里无所事事，还有，你最好别怀孕，否则我会杀了你。

有一天，我妈和我正待在山上那块空地上，这时迈克走过来站在我们旁边。他装在各个口袋里的手机发出各种各样的声响：嘟嘟，当当，丁零，嗡嗡。他真的像是跟着这些手机音乐声蹦蹦跳跳，就连身体里面也在躁动不安地扭个不停，就仿佛他的骨头在包裹着它们的皮肤里昂首阔步。年少时，他曾经把一条宠物鬣蜥拴在绳子上，带着它四处转悠。当他妈妈把那条鬣蜥跟胡萝卜和土豆一块炖掉之后，他的心都碎了。

迈克从一个口袋里摸出一条金项链，递给我妈。我一直想送你点漂亮的东西，丽塔，他说，你家房子里难看的东西太多了。

迈克说他认识阿卡普尔科一户人家，他们正在寻找可以帮忙照顾孩子的保姆。

太好了，我妈说，那很适合你，蕾蒂戴。

你每周大部分时间都得住在阿卡普尔科，迈克解释说，你会挣很多钱，那些人非常非常非常有钱。在说出那三个非常时，迈克接连打了三个响指：啪！啪！啪！

当我妈听说那家人很有钱时，她一下子站得笔直。我知道她在想我能偷些什么东西带回家。她那镜子般的眼睛似乎已经看见我往自己包里装一支口红和一瓶洗发水。

我知道离开意味着什么。我知道我妈会张大嘴巴低头睡着。而电视调到了历史频道，房间里充盈着介绍法国城堡或象棋历史的解说词。她周围都是空荡荡的啤酒瓶。长长的黑蚂蚁会在她嘴里爬进爬出，而她女儿却没在她身边将它们赶走。

好的，我跟迈克说，好的。

我妈和我一起离开空地回家，途中，我们从之前埋葬那具尸首的树旁经过，那还是在葆拉被抢走之前好几年的事。我们从未弄清那个年轻人是谁家的。没人来这一带打听。丛林里到处都有耳朵，我妈说，这里没有秘密。

那天下午，我知道了葆拉的遭遇。

我正顺着那条通往教室的路走去，突然碰到坐在一棵树下的葆拉。她就坐在地上，我们从不这么做。在我们山里，总是在地上铺点什么东西再坐下。

她穿着一件长长的衣服，就像帐篷一样将她盖住。我知道，在衣服下面，昆虫正顺着她光光的腿往上爬。

我感觉到脚底下温暖的黑土。

是这土地将我们俩带到一起的。

我想抓住她的手。她埋着头，正看着怀里的什么东西。

我慢慢朝她走去，就像我想抓一条小束带蛇或一条幼鬣蜥时那样缓慢地挪动。随着我渐渐靠近，我的身体挡在了她和太阳之间，我的影子将她罩住了。

她抬起头，我坐在她旁边的地上。我知道，不到一分钟，我就得将自己皮肤上的黑蚂蚁和红蚂蚁拂掉。葆拉的衣服上爬满了成群结队的黑蚂蚁。有几只已经迁徙到她的衣服上方，在她的脖子周围和耳朵后面爬来爬去。她没有将它们掸掉。

你难道不为布兰妮·斯皮尔斯感到难过吗？葆拉问。

葆拉长长的衣袖被卷了起来，捋到上面。她左臂内侧的皮肤苍白纤薄，就跟番石榴皮似的。我能够看到那上面有一排被烟头灼烧的印子，一些圆圈，就像衣料上的圆点花纹，粉红色的圆圈。

你知道吧，葆拉继续说道，布兰妮有很多文身。

是吗？不，我不知道。

哦，是的。她脚趾上文着一圈仙女和小雏菊的图案。

不，我不知道。

而且她右手上文着一只蝴蝶，还有另一朵花和一颗小星星。

哦，真的吗？

是的。她的身体就像个花园。

你知道我是谁吗？我问。

哦，是的，当然知道。你是蕾蒂戴。

我从她的双腿和双臂上拂去几只蚂蚁。站起来，我说，如果你继续坐在这里，蚂蚁会把你活生生地吃掉。

蚂蚁？

你妈妈知道你在哪儿吗？

我握住她的手腕，扶着她站起身来。我会带你回家的，我说。

让我跟你多待一会儿，我喜欢你，葆拉说，你对我真好。

我抓住她的手，同她一起朝几步外的一根原木走去。

我们不能坐在地上，我说。

我们肩并肩地在木头上坐下，看着前面，就仿佛我们坐在一辆顺着公路行驶的公共汽车上。我把她的手握在自己手里，看着她胳膊内侧那些烟头印儿的图案。

我见过老虎和狮子，她说，真的老虎和狮子，那不是动物园。

跟我说说吧。

在那个地方，有一座车库是放车子的，还有一座里面关着那些动物。

你不妨跟我说说。

葆拉描述那座牧场的样子。它位于墨西哥北部，在塔毛利帕斯州，就在美墨边境上。一个大毒枭跟他的老婆和四个孩子住在那里，他的绰号叫麦卡伦，得名于布鲁斯·威利斯的电影《虎胆龙威》里的人物。麦卡伦以前是警察。

我是他的奴隶情妇，葆拉说。

奴隶情妇？

是的，我们就那样称呼自己。我们全都那样。

那座牧场的一端有一座车库，里面装着麦卡伦的车子，包括四辆宝马、两辆捷豹、几辆皮卡和SUV。车库的旁边有些水泥屋子，里面关着一头狮子和三头老虎。葆拉从看守那里得知，这些动物是从美国的动物园买的。那片房产还包含一个私有的小型墓地，里面矗立着四座大型陵墓，就跟一所所小房子那么大。每座陵墓里甚至都有一间浴室。

那不是动物园。每天那几头狮子、老虎的排泄物都被收集起来包好，跟那些运往美国的毒品放在一起。这会让边境那些闻来闻去寻找毒品的警犬躲得远远的。

葆拉在牧场上的工作就是时不时地陪麦卡伦睡觉，帮着把狮子老虎的排泄物放在毒品周围，或者在毒品的塑料包装外抹上一层排泄物。

有人告诉我说他们用人肉喂它们，葆拉说。

当我们手拉手地坐在那根原木上时，天色逐渐变暗。在黄昏中，成群的蚊子开始把我们包围起来，但既然葆拉在继续说话，我就坐在那里，任凭它们叮咬。她似乎没有注意到昆虫爬在皮肤上或叮咬皮肤的感觉。

我就像个塑料水瓶，我用不着这么跟你说，对吧？葆拉说，我就像个塑料水瓶一样，需要时被人捡起来，痛饮一大口，不需要就扔到一边。

我摇摇头。不，不是的。

那些抢我的家伙来自马塔莫罗斯。他们带我到北方去参加那次派对。那是麦卡伦女儿的生日派对。当时她十五岁。

他为那次派对租下一整个马戏团。紧邻牧场住宅一侧的地里搭起几顶大帐篷。一个男人走来走去，给人们分发一团团粉红色的棉花糖，插在一根根长长的木棍上面。那里还有一支乐队和一个很大的舞池。

葆拉被带到一座远离派对的帐篷里。她几乎听不到乐队演奏的声音。帐篷里面有几个男人和三十多个女人。帐篷的一侧摆着一排排的塑料椅子。空地中央有一张桌子，上面放着可口可乐、啤酒、塑料杯子和纸盘子，盘子里有堆得高高的花生，上面覆盖着红红的辣椒粉。帐篷里的女人都是被抢来的。那些毒贩杀掉了葆拉妈妈的狗，把赤身裸体裹在白浴巾里的她抢走，现在他们要把她卖掉。

麦卡伦就在那顶帐篷里。他看着那些女人，让她们微笑。他想看看她们的牙齿。但他没看葆拉的嘴巴里面。

麦卡伦选中了葆拉。他选中了墨西哥最美的女孩。她本来应该是个传奇。她的脸本来应该出现在众多杂志的封面上。本来应该有人给她写爱情歌曲。

在我旁边的原木上，葆拉一边说，一边继续直直地盯着前面。她显得有些疲惫，却仍在继续讲述自己的故事，那只是一堆混杂的印象。

你不需要知道日出日落，她说，你不需要知道我吃的什么，睡在哪里；你需要知道麦卡伦有二百多双靴子，它们是用挪亚方舟上拯救出来的每一种哺乳动物和爬行动物的皮做的，有一双是用驴子阴茎做的，有一双他喜欢在礼拜天穿，那是双黄色的靴子，人人都说那是用人皮做的。

葆拉记忆中的印象断断续续地冒出来，就仿佛它们是她挨个写在纸上的一串名单。她说麦卡伦的女儿有二百多个芭比娃娃。有一个娃娃经过蘸金处理，眼珠是用真正的绿宝石做的。麦卡伦有一个装满羽毛的盒子，那是他养的斗鸡的羽毛。麦卡伦肚子上有一道伤疤，就仿佛他曾经被一个魔术师切成两半。他的儿子们全都有自己的玩具汽车，是真正的汽车，不过是迷你版的，加上汽油后甚至可以开走。牧场上有个迷你加油站，旁边是家迷你的OXXO便利店。

葆拉在帐篷里遇到的女人有葛洛丽娅、奥罗拉、伊莎贝尔、埃斯佩兰萨、卢普、洛拉、克劳迪娅和梅赛德斯，在别的时候，她们也会在一些派对上见面。

这些女人都是谁？我问。

哦，跟我一样的姑娘，她说，麦卡伦的女儿有一座玩具小屋，里面都有抽水马桶。

你被卖了多少钱。

哦，我是一件礼物。

你胳膊上为什么被烫了那么多烟头印儿。

哦，我们全都有，蕾蒂戴。她低头看看自己的胳膊内侧，又朝前面伸出胳膊，仿佛在给我看一本书的书页。

如果你是被抢来的，你就会用烟头在自己左臂内侧烫些印子。

为什么？我不明白。

你是疯了还是傻了？她问。

我很抱歉。

一个女人在很久很久以前决定这么做的，现在我们全都仿效她，葆拉说，如果有人在什么地方发现我们死了，那么大家就知道我们是被抢走的，这是我们的记号，我的烟头印儿是信号。

我看着她胳膊上那些小圈圈构成的图案，而她继续举着胳膊，就像船桨一样，伸向丛林的空中。

你真的需要人们辨认出你来。否则我们的妈妈怎么找到我们呢?

天差不多黑了。

我们得走了，葆拉，我说，跟我来，我带你回去。

她妈妈正站在大门口等她，一只手里握着一个装满牛奶的奶瓶。

我的宝宝该上床睡觉了，孔查说，你们到底在丛林里做什么?

葆拉没有回答，她直接走进屋里。

她妈妈送我出去，走到她们家场院的边缘。

她跟你说什么了吗?孔查问。可千万别告诉任何人，孔查惊慌失措地说。他们怎么知道她在这里呢?谁看着一个漂亮女孩在这里长大？他们是专门来抢她的。他们知道自己为什么来。如果他们知道她回来了，如果他们发现了，他们会再来抢她的。我们必须离开。没时间了。过一两天就走。我一直在计划这事。蕾蒂戴，我们要逃走。她跟你说了些什么？

她跟我说起那些烟头印儿。

她跟你说过那是她自己烫的吗？她跟你说过所有被抢的女人都在自己身上烫这个吗？

我点点头。

你相信她的话吗？孔查问。我压根就不信。我都无法想象自己会烫自己。那是不可能的。

是的，我相信。

正在这时，葆拉从她妈妈身后冒了出来。她就像用水蒸气做的白色生灵。她一只手握着一个奶瓶，赤裸着身体。在黑暗中，在如水的月光下，我可以看见她的乳头，她两腿之间的黑色阴毛，看见星星点点的烟头印儿遍布她的全身。我能够看见猎户座和金牛座形状的烟头印儿。甚至她的脚上也覆盖着圆圆的灼痕。就仿佛葆拉曾经走过银河，每一颗星星都在她身上烫下了印子。

10

孔查转过身，一把拉过葆拉搂在怀里，就仿佛她是个四岁大的小女孩，然后就抱着她走进房子里去了。那是我最后一次见到孔查和葆拉。

当孔查的三条狗出现在我家附近寻找食物时，我们知道她们已经离开。在葆拉被抢那天，孔查以前养的狗都被杀掉了，这些是她后来又另外收留的流浪狗。

她干吗不在离开之前杀掉这些该死的狗？我妈说，我们可不会照料它们，别给它们任何吃的，蕾蒂戴，你听到没有？

我们到葆拉家的房子去看看她们是不是真的走了。

当我们来到那所两居室的小房子时，一切都显得很正常，就仿佛葆拉和她妈妈会随时回来。

是的，我妈说，你就该这么消失才对，就好像你会马上出现一样。

那张小餐桌上有一盒满满的新鲜牛奶，电视机仍然开着。房间里充满了播报阿卡普尔科新闻的声音：一间酒吧发生了枪击事件；两个新的太平间正在兴建；海滩上发现了一颗被切掉的脑袋。

我妈开始在那所房子里四处刺探，我太了解这种刺探了。她捡起半瓶龙舌兰酒、一台电动咖啡机和一大袋薯条。

你到葆拉房间里看看她留下了什么。也许会找到一些你能穿的牛仔裤或T恤衫，她说。

屋里摆着她的小床。那是用砖头从地上搭起来的。这样她就可以避开夜里在地上到处乱爬的蟑螂，它们有老鼠那么大。墙上还钉着几十个粗大的钉子，是她挂衣服的地方，因此她的墙壁看起来就像用布做的拼贴画。我看到几双塑料人字拖和一双网球鞋在床下排成一排。枕头上放着两只空奶瓶，床上摆着一个鞋盒。

我打开那个鞋盒。

我嘴里充满了丛林的热气。似乎有无数的蚂蚁和蜘蛛在我血液里奔跑。

鞋盒里有一些照片。我狠狠地盯着那个男人黑色的小眼睛，是他从葆拉身体里挤走那个甜美可爱的女孩。照片上都是一个男人和他的家人。那个男人穿着红白相间的方格衬衣和系着宽皮带的牛仔裤。皮带上有一个椭圆形的银带扣。他还穿着一双黑色的高跟牛仔靴。这些人来自墨西哥北部。他们的服装就是证明。那人是麦卡伦。

我从盒子里取出照片，把它们塞进我的牛仔裤里。盒子的底部是一个小笔记本，我把它放进后裤兜里。

我妈在门口出现了。

想想都害怕，肯定有人盯着葆拉好几年了，我妈说，他们就看着她慢慢长大。

她一只手握着那瓶龙舌兰酒，另一只手抓着那袋薯条。

她早就被人选中了，我妈说，他们望着她，就像我们望着树上的一只苹果：我们望着它长大，直到它成熟，然后就把它摘下来。

回家途中，每次我迈步，都能感觉到塞在牛仔裤里的那些又干又薄的照片。我妈留下了自己白色的平跟塑料拖鞋，现在穿着孔查那双鲜绿色的塑料人字拖，前面的鞋带上装饰着一朵红色的塑料花。我妈顺着我的目光低头看着自己的脚。

好啦，蕾蒂戴，她说，孔查又不会穿它们了，对吧？

我妈拿走了那瓶龙舌兰酒和那袋薯条。

我们默默地往前走了一会儿，然后我妈突然转过头，朝地上吐了一口唾沫。

如果谁想为我们这片土地设计一个标志或一面旗帜，那它就该是一双塑料人字拖，她说。

等我们到家时，房子的大门开着，迈克正坐在屋里等我们。他居然在屋里等，我觉得有些奇怪。人们是不会那么做的。他们不会在别人不在家时跑到人家屋里坐下来。我们的房子里甚至都有他浓浓的古龙香水味了，闻起来像薄荷，就跟口香糖似的。

他坐在厨房里，冰箱门敞开着，就像人们坐在一个火堆前面。他的大腿上摆着两部电话。我看得出来迈克开始留头发了，他是在几年前把头发剃掉的，因此他的脑袋现在看起来就像长着一小块茂密的黑色草皮。

怎么着，你是脑子乱了还是咋的，把这儿当自己家了？我妈对迈克说。

她把龙舌兰酒和薯条放到餐桌上。

把门关上！她命令道。

别生气，小妈妈，说着，他很快站起来，一甩手关上了冰箱门。

迈克把我们山上所有的中年女人都称为“小妈妈”。就连我妈似乎也喜欢这个称呼，虽然她从不接受任何人的甜言蜜语。我知道她就要为他钻进我家房子到处窥探还打开了冰箱门而训斥他，但那句“小妈妈”让她闭上了嘴。就仿佛那个词语抚摸着她，能够让她发出猫咪那样的咕噜声。

在山里，冰箱是我们最重要的电器或家具——不管你叫它什么。这是我们通往北极、北极熊、海豹和冰川的大门。在炎热的日子里，每个人都坐在它周围，敞开冰箱门。白天，我们把枕头放在里面让它变凉。棉花枕头搁在一罐罐啤酒、一盒鸡蛋和几包带塑料包装的奶酪中间。夜晚，有一个小时左右，我们的头都会靠在清凉的棉花上。当枕头的一面捂热之后，我们只需把它翻过来就行。枕头让我们的脑子和睡眠都凉爽下来。是我妈发明了这个方法。山里人人都这么做。

冰箱是我妈在祈祷中希望得到的主要物品之一。她说一罐冰啤酒会让你爱上冰箱。

我妈给自己倒了一小杯龙舌兰酒，用牙撕开那袋薯条。

那么，你有什么事呢？她问迈克。

迈克解释说，他会在周一早上与我在下面的公路会合，那是两天之后，接着我们会一起坐公共汽车到阿卡普尔科。我要去当保姆的那家人跟他约在上午十一点见面。我应该收拾好一个包，准备待在那里。

我让我妈待在我们家那所小房子里喝酒，我自己送迈克到下面的公路上去。我想问他有关玛丽亚的事情。由于我们现在不再上学，因此我同玛丽亚就很少见面了。我不喜欢去玛丽亚家，因为她妈妈卢斯曾是我爸的情妇，这个事实让我难以面对。山里人人都知道这个丑闻，迈克当然也知道，因为他了解所有人的一切事情。只有玛丽亚一个人不知道自己的身份，也只有玛丽亚一个人不知道自己长兔唇是因为遭到神的诅咒。我想跟她说我们俩是同父异母的姐妹，希望她更爱我这个姐姐，但我也非常担心，万一她知道了自己的真实身份，她也许会恨我。

我让迈克告诉玛丽亚说我想见她。我要他告诉她那天黄昏时去教室跟我碰头。

迈克在三部突然同时响起铃声的手机的伴随下蹦蹦跳跳地走下山坡。就仿佛空中的手机信号死区豁然洞开，手机信号像闪电一样击中他。

当我转身回家时，我想起那些照片仍然塞在我裤子前面。我把手伸进去，取出那些印在软卡纸上的正方形照片。

一共有六张照片。其中一张上面有个男人站在一架小飞机旁的跑道上，我猜他是麦卡伦。另外两张照片上是些靠墙站立的女人。两张上面都有葆拉。另一张是麦卡伦站在一排中世纪的铠甲前，看起来似乎是在一座城堡里面。

最后两张照片上面是一辆巨大的红色运马拖车。这台设备能够装两三匹马，就是那种能用皮卡车或 SUV 拖动的拖车。其中一张照片拍得很仔细，拍到了从门里喷出来的血。

等我回到家，我妈正在用苍蝇拍子疯狂地杀苍蝇。在过去的这个月，天气非常炎热，苍蝇简直都成灾了。这是一种肥胖多汁的苍蝇，背上长着又长又尖的毛。被这种苍蝇叮过后，皮肤上会留下一大块红色的伤痕，让人疼上好几天。我们厨房的餐桌和地板上到处是黑乎乎、血糊糊的小点。

跪下来为苍蝇拍而祈祷，我妈说，是谁把该死的门敞开的。

你知道是谁，我说。

我妈看了我一眼，眼神凶巴巴的，然后她继续拍打那些苍蝇。我认出那是她在至少两年前从雷伊斯家偷来的苍蝇拍。为苍蝇拍而祈祷吧，她说。

我妈讨厌那些苍蝇，但她喜欢杀死它们。在那间小厨房里，这是一次愉快的大屠杀。

她知道，我们全都知道，那些苍蝇总会占上风。

我从我妈以及那些黑色和红色的死苍蝇旁边跑了过去，将葆拉的照片藏在我屋里的床垫下。

等我走出房间回到厨房时，我妈正坐在桌旁，苍蝇拍横放在她腿上。网格状的塑料拍子上点缀着被拍烂的苍蝇，血迹斑斑。她正在猛喝啤酒，只那么一大口，就喝掉了差不多半瓶。然后她从嘴唇上拿开瓶子，瓶口发出一声空洞的吮吸声。

我在这场大屠杀中间坐下。

我很愤怒，我妈说。

出什么事了？

他们正在电视上讨论一篇杂志里的文章，写的是应该怎样做女人！

那又咋啦？

我会把真相告诉他们。

什么真相，妈妈？

一个女人的全部世界都在她的衬裤里。

是吗？

你以为墨西哥城的那些女作家会写到女人的悲哀吗？是的，当你发现衬裤上有血时感到的悲哀，因为那意味着一件事情：你就要失去自己的宝宝了！

你在说什么，妈妈？我问。

在那场苍蝇大屠杀和有关衬裤的高谈阔论中，我为她担忧。她眼睛里的神情让我想起我们山里发生大地震时她脸上的表情。后来，在地震之后，在一切都结束之后，她说我们本来应该提前知道地震即将发生。

在地震之前的两个星期，我们那所两居室的房子受到周围各种生灵的入侵。黑寡妇、红狼蛛以及透明的白色蝎子和棕色的蝎子开始在屋里到处出现。红蚂蚁爬满天花板。我们在电视后面发现一窝蛇，就像用黑丝带打的结。

我妈对此的反应是整日整夜地看电视。她连饭也不做了，我不得不四处搜寻干玉米饼和奶酪，甚至打开了一罐金枪鱼罐头，通常我们都不吃它，因为有一天她认定那罐头吃起来像猫食。我妈看电视是因为这是我们了解外界信息的唯一途径。

当我一边对昆虫大开杀戒一边吃芒果干时，她却跟着电视神游到了佩特拉古城，去拜访一个贝都因家庭，他们被赶出了自己的洞穴，如今住在贝都因村子里，那是由政府修建的一个混凝土住宅区。他们的骆驼生活在混凝土车库中。我妈又神游到印度，看求医的访客在那里接受一些廉价的手术。她还看了世界小姐大赛。在历史频道，她坐着看完了有关亨利八世那些老婆的六集纪录片。

在地震前的某天，一只迷路的绵羊出现在我家门前。我跑到外面去，为的是躲开电视和我妈，而它就在那里，坐在一棵木瓜树的树荫下。

当我进屋把这事告诉我妈时，她只是瞄了我一眼说，接下来你要告诉我圣母马利亚和约瑟夫就在外面，需要找个地方睡觉。

那是她几天来说的第一句话。但随后她又扭过头去，继续看她的节目了，它讲的是从一些死鲨鱼肚子里发现的东西。有个人正在一艘船的甲板上划开鲨鱼的肚子，从里面取出一枚婚戒。

我重新走到屋外，给那只绵羊喝了点水。这只动物用它小小的舌头舔舐着水。那是我第一次在现实生活中而非电视上看到蓝眼睛。

当我回到房子里时，那只绵羊跟着我走进屋来。

我妈扭头看了它一眼说，那不是绵羊，蕾蒂戴，那是一只羊羔，刚到宰杀的年龄。

我拿不准她这么说是什么意思。她有可能是说我们要杀掉那只羊羔当晚饭吃，也有可能只是热衷于《圣经》里的谚语，因为我们这里已经成了昆虫们的挪亚方舟。

可是我已经凝视过这只动物的蓝眼睛，我知道自己没法狠下心来将它吃掉。于是我就将它赶出我家房子，赶下山去了。但愿它不会被一辆开往阿卡普尔科的银色大客车撞到。

地震是山上出现所有这些疯狂现象的原因。从新闻上，我们得知震中就在阿卡普尔科的港口外边。

是我们这里，我妈兴奋地说。我们就住在阿卡普尔科的港口外边！它当然就在这里，在我们下面！

那场地震在早上七点三十分袭来。当我们这所两居室的房子开始摇晃时，我们正在吃早饭。来到外面，我们看到地面像波浪一样移动，就仿佛它是用水做的。

在我妈拍死苍蝇，夸夸其谈地说什么为衬裤而祈祷而且狂喝滥饮的那天，我感到非常恐惧。她就要崩溃了，我能够看到她的碎片。

你想跟我说什么呢，妈妈？我问。你说明白点吧。

我妈把头往后一甩，眼珠子一转。

是的，是的，是的。有时候我会用牙齿用力撕扯，撕咬我手指甲边缘的皮肤，弄下来给你吃。

你是说这个事吗？

那时你还不到一岁。我把它掺在米里头。你指望我做什么？我从电视上听说有些女人甚至从身体上切下一片片皮肤喂自己的孩子。

你胡说八道，妈妈，我说。

那些东西跟母亲的奶水有什么区别？你告诉我？

不，妈妈，我说，墨西哥城那些时髦的作家是不会写这些的！

天知道这种事是不是真的。我妈把撒谎归入偷盗一类。如果能撒谎，干吗要说真话呢？这是她的哲学。如果我妈坐公共汽车，她会说自己坐的是出租车。

我们将度过一个漫长的下午，直到她昏睡过去。从葆拉家拿的那瓶龙舌兰酒已经喝光。我妈站起身来，从冰箱里取出另一瓶啤酒。

拍死它们的是我，她说，那么把它们打扫干净的事就该你来做了。

我从水槽里抓起一块旧抹布，开始从椅子、桌面和墙上擦掉那些死苍蝇。

几小时后，当我出门到教室去见玛丽亚时，我妈正在喝她的第五瓶啤酒。她躺在床上，用一块从玉米片盒子侧面撕下来的硬纸板当扇子，给自己扇风。电视音量被开到最大。她已经有些神思恍惚，正在看一个有关亚马孙野生动物的节目。

为什么国家地理频道不到这里来，给我们的大山拍一部影片？我妈问。

离开家时，我停下脚步回头看了一眼。这座两居室的小建筑顶上有些锈迹斑斑的长钢筋，伸向从未建成的第二层楼。山上所有的房子都是这样。我们怀着建二楼的梦想修建它们。可是，二楼并没有建成，我们全都在房子上留下些抛物线似的触角。如果从空中俯瞰我们的大山，它看起来或许就像一片由数千把打开的雨伞构成的白色大地。

玛丽亚就在教室里。她坐在自己从前的课桌前，看起来如同一幅肖像画，象征着我们的童年时代。她的头发梳成一个圆圆的发髻固定在头顶上。我们把这称为她的洋葱发型。她的头发被扯得紧绷绷的，她都没法正常眨眼。

每次我看她，都会在她脸上看到我爸，我不得不阻止自己对她说出真相。有时我甚至认为，自己之所以还记得我爸的长相，不过是因为玛丽亚的面孔在这里提醒我。当我妈得知我爸在那边另组了一个家庭后，她在炉子上烧掉了他的所有照片，就像烤玉米饼一样。它们在炉子顶上烘烤着，一张接一张地卷曲起来，直到它们变成黑色和灰色的灰烬。我望着他那辛纳屈式的微笑和我的生日蛋糕、生日气球一起化成一股烟，飘出大门。

玛丽亚的兔唇手术伤疤已经消退。可是当我看着她时，我总是看到她从前那张脸，从前那张脆弱的脸既像是神话一般，又令人痛苦。伤疤已经不见了，但兔唇仍然是她之为她的特征。

我在自己从前的课桌前坐下，就位于她的课桌旁边。我们曾经这样坐了好几年。当我们练习写字母和数字时，就会碰触到对方的胳膊肘，我们少女时代的胳膊干燥得发痒。在这间屋子里，我们曾经离开自己的家和丛林，梦想过另一种生活。

玛丽亚告诉我，埃斯特法尼的妈妈奥古斯塔在发高烧，她们明天早上就要出发前往墨西哥城了，那里有家艾滋病慈善机构，可以把她需要的药给她。奥古斯塔患上艾滋病六年多，这一类往返于墨西哥城的旅行对她们来说就是家常便饭。

我告诉玛丽亚说葆拉和孔查已经永远离开了山里。

我跟玛丽亚说起那些照片。听我说到照片的事后，她站了起来。

露丝？玛丽亚说，你没有跟她问起露丝？

在山里，每个人都确信露丝的失踪和葆拉被劫有关系。

我摇摇头。

抱歉，我没问，我说。

我望着玛丽亚用手指揉搓她的兔唇伤疤。在她动手术那天，我曾望着我妈和露丝抽完一整包沙龙[1]女士香烟。美容厅里弥漫着薄荷味儿的烟雾。当玛丽亚和我还是小女孩时，我们经常从露丝的烟灰缸里偷烟头，然后吸那些过滤嘴，仿佛它们是荷氏特强薄荷糖。看着玛丽亚的脸，我仿佛尝到了那些薄荷过滤嘴的味儿。

你仔细看过那些照片没有？有没有看到露丝？

没有。

我们走。

我们站起身来，出了教室，朝我家走去。我们走得很快，几乎是一路小跑，满怀希望地想在那些照片中找到露丝的脸。在我们愚蠢的幻想中，我们怀着愚蠢的喜悦，跑过丛林。

我们跑得太快，快得让挥舞的胳膊仿佛变成了蛇。我看到她胳膊移动的影子投到墙上，太快了，接着，就像一只蜥蜴抬起尾巴，或鬣蜥猛地伸出舌头，伸进一群聚集成团如蜂窝的昆虫中。太快了。我妈手里握着一把银色的小手枪，万事俱备。仿佛整个马德雷山都一动不动。我听见

[1] Salem，混合型薄荷烟品牌。

骨头断裂的声音，那声音我以前从未听到过。

当那颗子弹击中玛丽亚，击中我同父异母的妹妹，击中我爸的另一个女儿，击中那个跟他长得一模一样的女儿时，我听见了骨头断裂的声音。

在十瓶啤酒与龙舌兰酒混合起来之后，就可能发生这样的事情。如果他们用注射器抽一管我妈的血，那血会是黄色的。如果把她的血放进试管中，对着光线举起来，就会看到它是纯科罗娜啤酒的颜色。但没人会把它拿去做测试，或者把警察招到我们山上来。

报警就像邀请一只蝎子到家里来。谁会那么干？我妈总是这么说。

我妈那天下午是怎么啦？光线将那一刻凝固在下午与黄昏之间。在那样的光线中，在那似有若无的光线中，她以为来到自家门前的是谁？

我跪在玛丽亚身边，凝视着我爸的脸。我看着她的脸，就像看着一个湖泊。正如我能看见湖面之下整整一湖底的石子儿和银鱼，同样，我也能看见她破裂的脸、缝合兔唇的针脚以及伤疤。

当我解开她的衣服查看伤口时，我能够感觉到自己手上温热的血。

玛丽亚睁开眼睛，我们注视着对方。

那是什么？她问。

你从哪里弄来的枪，妈？我一边用手抱住玛丽亚的腰，一边对我妈吐出那几个词语。

迈克。

正当玛丽亚的血给我们这片丛林施以洗礼时，我妈似乎就要永远消失并离开这颗行星了，我想抓住我妈。

让我回到一分钟之前，让我回到一分钟之前，我妈说。

在她脑子里，钟在往回转。快退，她在想。按快退键。

我妈总是跟我说死亡会如期而至，从不迟到。

一朵云在头顶上移动，屋子变得阴暗下来。我能够听到外面一只鹦鹉的声音。

当我妈瘫坐到地上时，她说，她会没事的，只是一道擦伤。

我用一块干的洗碗布将玛丽亚的胳膊包裹起来，抱住她的腰。我们俩一起跌跌撞撞地走出房子，走下山去。

公路上一个人都没有。几辆大客车呼啸而过。在我们的塑料人字拖下，黑色的沥青滚烫，热得让滴落在路上的汽油都变成了蓝色和绿色。

在那地狱般的热浪中站了二十分钟后，几辆出租车从我们面前驶过，似乎永远也不会有一辆停下来，载着我们去医院。没有哪个出租车司机希望自己的车子沾上血迹。一听我说要去医院，他们就看一眼玛丽亚的脸。当他们的目光顺着她的脸向下移动到她裹在洗碗布里的胳膊上时，他们就会一踩油门，扬长而去。在格雷罗，有些出租车的仪表板上放着一个牌子：不载流血乘客。

我不断查看玛丽亚的胳膊，希望那块洗碗布能够包住甚或止住她流的血。

终于有个出租车司机停下车来，答应载我们。

他看着玛丽亚的胳膊。

不，我可不想把那弄到车上，除非你把它放在一个塑料袋里，他说。

他把手伸向仪表板下的小储物箱，从里面掏出一只塑料购物袋递给我。

把胳膊放到里面。

他说什么？玛丽亚问。

把你的胳膊放进袋子里，否则就不让你上车。

我小心翼翼地抓起玛丽亚受伤的胳膊，把它放进购物袋里，仿佛那是一条羔羊腿。

好了，她的胳膊放进袋子里了，我说，我们出发！

在末端打个结。

你说什么？

把它系好。

我拎着袋子的角，在她的胳膊顶上打了个小小的结。她任凭我这么做，一点都没反抗。仿佛在被我妈开枪击中后，她的胳膊就属于我家了。

那么，你们招惹到什么人啦？当出租车顺着公路驶去时，司机问道。

在整个墨西哥，只有出租车司机对这个国家发生的事了如指掌。如果我们想知道发生了什么事，我们就会说，去坐出租车吧。在我看来，某个人，某个像雅科布·扎布卢多斯基[1]（我妈断言这位老记者是整个墨西哥最后一位高贵的人）一样的人，应该把所有的出租车司机召集起来，

[1] Jacobo Zabludovsky（1928—2015），墨西哥记者，他是墨西哥电视台和电视新闻节目中的第一位主持人。

向他们打听打听我们的国家到底是怎么啦。我妈总是说，外面有个出租车司机对葆拉和露丝的遭遇知道得一清二楚。

从这里坐车到阿卡普尔科需要不到一小时。我想告诉玛丽亚她和我是同父异母的姐妹，我妈朝她开枪是因为在醉醺醺的状态中，她把玛丽亚当成了我爸。但我不得不保持沉默，因为我知道出租车司机正竖着耳朵偷听我们说话。

这家伙有一双跟拳击手一样的手：巨大的骨节上伤痕累累。他用力抓住方向盘。为了听清可能会从后排座椅上传来的任何消息，这人甚至关掉了他的收音机。

那么，你们招惹到什么人啦？出租车司机再次问道。

我决定不回答他的问题，把玛丽亚搂在我臂弯里。

他在后视镜里看了我们一眼。

你肯定是个很坏很坏的女孩，活该挨这颗枪子儿，是吧？

他有一头黑色的卷发，里面掺杂着少量灰发。眼角有微笑留下的深深皱纹。

这是一次意外，我说。

一次意外？人人都这么说。

求你了。

她是个坏女孩，他说话的口气就仿佛玛丽亚不在这里。他会蹲监狱的，你知道的，对吧？

是的。

他会蹲监狱的。当他们在急诊室里看到枪伤，那里的医生，你知道的，嗯，他们必须通知警察。法律就是那么规定的。

这是一次意外。

我敢打赌那很疼。

我紧闭双唇。他那张脸在后视镜里不住地看我。我不得不把目光转向别处。他与其说是在看公路，不如说是在观察我。

那肯定非常疼，他说。

肯定的，我回答。

嗨，你朋友会说话吧？我总是说，如果有谁不说话，他们就是在隐瞒什么事。

是的，那很疼，我说，她没法说话，因为太疼了。

你何不让我看看你的小奶子？他说，如果你把它们露出来给我看，我就把车钱退给你。你受伤的朋友不需要给我看任何东西，就你给我看。

也许改天吧，我说。

你让我想起我女儿。你就像一块杏仁酥糖。

我看了看面色苍白的玛丽亚。她嘟囔着吐出一个词：混蛋。

我在座位上朝前面蠕动了一下，然后把手伸到背后，撩起我的裙子。我朝自己内裤深处窥视了一眼，看到了出租车座椅上的黑布。我感觉到尿液在自己光光的大腿周围留下湿乎乎的热气。我妈教过我怎样报复。我知道这会让她为我而自豪。

我扭过头，想轻轻抚摸玛丽亚的头，可是因为她僵硬的洋葱形发髻，这很难做到。我看着她那只套进塑料购物袋里的胳膊，不过袋子没有装满。玛丽亚热切地看了我一眼，脑袋往身体一侧倾斜。血并没有流进塑料袋。由于她一直举着自己的胳膊，因此血朝着后面和下方穿过塑料袋上打的结，顺着她的身体侧面往下流去。我能够看到她那件红色短袖宽松衬衣的肋骨以上部分已经被血浸透。

就在这时，玛丽亚的头朝后面耷拉下去，她闭上了眼睛。

我以为她死了。

玛丽亚，醒醒，醒醒，我低声叫道。

出租车司机转身看着我们。小姐，她最好是死掉了，这样我就可以把你们俩扔到路边。

她没死。

如果她死了，我会把你们俩扔到路边。我希望她死掉了，因为我想摆脱你们俩。

当我看见那个巨大的灰色海湾，看到那些像围墙一样包围着它的酒店和住宅楼，并且闻到咸咸的海水味，我知道玛丽亚会活下来。她蜷缩在我怀里，在我胳膊底下。我吻了吻她的头顶，那上面散发出油腻腻的椰子头油的气味。那吻充满爱意，因为我们是姐妹，她很快就会知道这个真相。而在我仍然保守着秘密的时候，我还能够爱她。

看到这个海湾，我想起第一次来阿卡普尔科的情形。那会儿我爸依然同我们一起生活，我们在他上班时来看他。当时他在一家小型酒店当酒吧招待。我记得我妈盛装打扮，她穿上白色露背装和高跟鞋，还抹上正红色的口红。她也把我打扮了一番，给我穿上红色的太阳裙，把我的头发梳成两个小辫。

我们要给你爸一个惊喜，为了让他大吃一惊，我们就必须打扮得漂漂亮亮，要有女孩儿样，我妈说。

她一手提着高跟鞋，穿着人字拖走到下面的公路上去搭乘公共汽车。

上了车后，她用钱包上带的小镜子查看自己的口红。她的双臂上有些地方仍然略微发红，因为她整个早上都在用小镊子拔她前臂上的黑色汗毛。

我们从汽车站坐出租车到我爸上班的酒店。

那家酒店正对着海湾。我爸在室外的酒吧工作，就在游泳池边上，在一个用棕榈叶子盖的巨大亭子里面。阳光穿过屋顶上的缝隙，照得玻璃酒杯闪闪发光。我以前从没见过游泳池。那天下午，水波上闪耀着阳光，仿佛池子里装满水晶。酒吧的音响被调到当地的一个音乐台，空中弥漫着镲、小手鼓和铃鼓的声音。

我爸正靠着吧台，穿着一条白色的裤子和珍珠白的衬衫式夹克。他在抽烟，烟草的气味与阳光和海盐的咸味混合起来。

一看到我们，他就把烟卷放进烟灰缸里，朝我张开双臂。他把我抱了起来。他身上有股柠檬和雅涛 VO5 护发造型膏的气味，他每天早上都要在头发上抹这个，好把头发梳顺。

他把我放下，朝我妈伸出一只胳膊，领着她来到吧台边，我们俩就坐在凳子上，望着外面的海湾。他给我妈调了一杯玛格丽特鸡尾酒，杯子边缘撒了一圈盐，还在她的饮料里插上一把红色的小纸伞。我爸用姜汁汽水和橙汁为我调了一杯粉红色的气泡饮料，在里面放了一个美人鱼形状的塑料调酒棒。

穿着白衣服，我父母看起来英俊、漂亮，这服装衬托得他们的皮肤更加黝黑了。我想那是我一生中最快乐的下午，直到我妈和我乘坐公共汽车回家。

我就知道，她一边用几张纸巾擦掉口红一边说，你爸跟那个女招待有一腿！

我知道她说的是谁。

我妈瘦得皮包骨头。当她描述自己的模样时，她会在空中竖起自己的小手指，说，瘦得就跟小指头似的。

在我心目中，她的小指头一直象征着她的身体。

那名女招待穿着紧绷绷的衣服，因此，当她走路时，她的肚子就从牛仔裤边缘向外凸起，两条大腿互相摩擦。

她是个美女。我爸总是说女人应该长得丰满些。可是不管我妈怎样努力增肥，她都胖不起来。我爸说，抱着一个瘦骨嶙峋的女人就像抱着一堆软软硬硬的骨头。他说真正的男人想要的是软垫般的躯体。

他从未说过，你，丽塔，是一堆软软硬硬的骨头；或者说，你，丽塔，需要长胖点；或者说，你，丽塔，就像个鸡翅膀。他从没有那么露骨地表现自己残酷的一面。

那个女人穿一双红色的人字拖，有两英寸高的塑料鞋跟。我们永远忘不了那双鞋。

我知道我妈说得对。那个女人太漂亮了。如果说世界上存在着什么准确无误的征兆，那么这个征兆就确凿无疑了。我都期待着她随时掏出一块糖果来。当然，我爸否认他们之间有私情。

公共汽车从这个海湾顺着多风的公路一路疾驰，穿过幽暗的山岭，朝我家驶去，这时我能够感觉到橙汁灼烧着我的胃，我开始感到晕晕乎乎。等到我们下车时，我妈高高的鞋跟一下子陷进滚烫的黑色沥青里面了，这条柏油路就像一个口香糖组成的湖泊。为了把鞋子从软塌塌的沥青中拔出来，她不得不把腿抬得高高的。

那个日子标志着她愤怒的开端。她的怒火就像一颗种子，就在那天下午落地生根。等到她朝玛丽亚开枪时，那颗种子已经长成一棵参天大树，用它怨怒的树荫笼罩着我们的生活。

那天晚上，当我爸回家时，他发现自己的衣服都被扔出门外，在湿热的地上堆成一小堆。

我躺在床上，听他们用嘶叫般的嗓音低声说话。

算你厉害，我妈说。听起来像是这么说的。

你不要血口喷人，我爸说。听起来像是那么说的。

他们愤怒的低语断断续续地传入我耳朵。

我会告诉上帝的，我妈说。听起来像是这么说的。

第二天早上，我爸正在炉边喝咖啡，他没有穿衬衣，因为他所有的衣服都被扔到外面去了。我知道现在他的衣服上已经爬满小小的黑蚂蚁。他得把那些昆虫抖掉再把其余的掸掉。

早上好，蕾蒂戴，他说。

他肩膀上有一大块带牙印的条状伤痕。那是被人咬的。

从那以后，我妈一听爱情歌曲就受不了。在那个夜晚之前，她像燕雀一样爱唱歌。家里总是开着收音机，当她打扫房子、做饭或者熨烫我爸上班穿的白衬衣时，她会随着胡安·加布里埃尔[1]或路易斯·米格尔[2]的歌曲摇摆、回旋和转圈。从那以后，家里的收音机就关上了，她或许也关上了自己的幸福。

爱情歌曲让我感觉自己很愚蠢，她说。

你不愚蠢，妈妈，我说。

爱情歌曲让我觉得自己好像吃了太多糖果、可口可乐、冰激凌和蛋糕似的。爱情歌曲让我感觉自己就像参加过一个生日派对后回到冷冷清清的家里。

有一次，我们正在埃斯特法尼家，她家的收音机在播放一首爱情歌曲。那些屋子里都弥漫着它悦耳的曲调。我妈顿时惊慌失措地跑出屋外，逃离那首歌曲。她在一棵橙树下呕吐起来。她吐出了那些旋律、和弦、华尔兹和爱情鼓点。那是吐在绿地上的纯绿的爱之胆汁。我跟着她跑出去，在她呕吐时把她脸上的头发撩开。

---

[1] Juan Gabriel（1950—2016），墨西哥著名歌手、词曲创作者，唱片全球销量超过一亿张。

[2] Luis Miguel（1970— ），墨西哥著名歌手，被誉为“墨西哥太阳”。

你爸杀死了我对音乐的热爱，她说。

来到阿卡普尔科也让我想起那个算命的人，她把我妈的命算错了。她在算命时是否算出这次意外？她有没有告诉我妈说她会朝着她女儿的姐妹开枪？

当我们穿过熙熙攘攘的街道朝医院驶去时，我望着出租车窗外。我看着外面的一个个T恤商店、出售墨西哥油炸玉米卷的摊子和那些餐厅。

阿卡普尔科还让我想起我们找锁匠割断我妈那枚婚戒的事情。在格雷罗，大多数人不戴戒指。人们的手和指头因为炎热而肿胀，一旦把戒指戴上，它就再也取不下来。

在我爸离开我们后，我妈并没有将她那枚纤细的黄金婚戒去掉。它长进肉里，成了她手指的一部分，消失在她肿胀的肉中。在凉爽的夜晚，当她切西红柿或洋葱时，我能够在她块状的皮肤中看到金子的微光。

有一天，我望着她花了大半个上午，试图取下那枚戒指。她用肥皂和食用油把手指弄得滑溜溜的，可根本就无济于事。

几个小时后她说，我们去阿卡普尔科，把这枚该死的戒指切开。

好的，妈妈。

如果他们没法把它切开，我就把我的手指切掉，就这么办。

直到我们登上开往阿卡普尔科的公共汽车，我才弄清楚她为什么做出这个决定。我对她那套来自《圣经》的逻辑毫不吃惊。她做了个梦。

我妈就像摩西一样听从梦境的召唤。她说现在人们碰到的大多数问题都是因为他们没有倾听自己梦中的启示并依此采取行动。如果她梦见蝗虫成灾，或许我们多年前就从山上搬走了。她没做这个梦真是太遗憾了。

我梦见了我的戒指，她说。

梦中包含重要的启示。

如果我不弄掉我手指上的婚戒，鸟儿就会停止唱歌，她说。在梦中，她站在黑暗里，几只鹦鹉、金丝雀和麻雀站在一棵橙树的树枝上。它们全都张大了嘴，可是当这些鸟儿往后扯着脖子仰望天空时，它们却发不出声音。

锁匠用一把锋利的锉刀从我妈手指上切断了指环，只花了一秒钟。

我干这个活儿得有几千次了，锁匠将那枚切成两半的指环放在我妈手掌上说。

她低头看着两个黄金“逗号”。

我到底该怎么处理这玩意儿呢？她说。

那个锁匠都不知道自己拯救了墨西哥的鸣禽。

在急救室里，玛丽亚的胳膊被缝合起来并打上绷带。医生说她非常走运，那颗子弹仅仅造成她胳膊骨折而已。

对我妈来说，这是不幸中的大幸。

当医生照料玛丽亚时，她妈妈卢斯到了。这只意味着一件事：是我妈通知了她。

我无法直视卢斯。

我瞪着医院铺着油毡的地面。

我知道这是报应。卢斯不会起诉我妈。卢斯是罪有应得，她怎么敢跟自己朋友的丈夫鬼混？报应的时候到了，算她运气好，她女儿还活着。

如果是在电影中，我妈会在击中玛丽亚后幡然悔悟，这会让她不再喝酒。如果是在电影中，她会一生致力于帮助酗酒者或受尽折磨的女人。如果是在电影中，上帝会对她的悔改露出微笑。但这不是电影。

11

回到家里，我发现我妈正躺在床上，身上盖着一张棉布被单。电视机被关掉了，多年来，我第一次在寂静中听到深沉而喧闹的丛林之声，我听见蟋蟀的叫声，我听见蚊子群集于房子周围的嗡嗡声。

她在被单下的身形活像一块巨石。床边的地板上扔着三个空啤酒瓶。一道月光穿过窗户照进屋里，在月光下，这些空瓶子的棕色玻璃看起来就像起伏荡漾的金色波浪。

我在床边坐下。

我以为那是你爸，我妈在被单里面低声说。

睡吧，妈妈。

我真的，真的以为那是你爸，她再次说道。

在这个寂静的房间里，我想伸手捡起遥控器打开电视机。

我不知道该拿这寂静怎么办。

电视的声音让我觉得我们好像在开派对，或者感觉我们有一大家子人。电视的声音就像七大姑八大姨、叔伯舅舅和兄弟姐妹。

这山里刚发生一桩刑事案件，而一对孤零零的母女在这里相对无言，周围一片死寂，仿佛世间只剩下最后两个人一般。

我离开我妈，来到自己的小房间里。我脱掉T恤衫，上面沾着玛丽亚的血。我脱掉因小便干掉而变得僵硬的裙子和内裤，躺在床上。

那本夹着葆拉照片的笔记本仍然放在我牛仔裤的后裤兜里，扔在床脚。我伸手把它拿起来，坐在床上，开始阅读。那上面的笔迹是葆拉的。

笔记本里有几份用磨钝的铅笔写的单子。第一页是动物和动物器官的单子。那几行字逐条记录着：两只老虎、三头狮子和一只黑豹。

接下来的几页是一些女人的名单。有些名字带姓氏，有些没有。这份名单包括：梅赛德斯、奥罗拉、瑞贝卡、艾米莉娅、胡安娜、胡安娜·阿隆多、琳达·冈萨雷斯、洛拉、利昂娜和朱莉娅·门德斯。

笔记本其余的页面差不多都是空白，只有最后一页上写着葆拉的地址：格雷罗州楚拉维斯塔，奇尔潘辛戈镇外孔查家。

我合上笔记本，把它和那些照片一起放在我的床垫下。然后我就躺在床上睡觉了。

电视机的声音将我惊醒。上面正在播放墨西哥城里那个大斗牛场的斗牛比赛。

我躺在床上听了听，无法理解我妈为什么会看斗牛，因为她好多年前就发誓不再看这种东西。她看过一部纪录片，得知那些斗牛士的马都被切除了声带，这样它们在斗牛中就不会发出各种嘶鸣或尖叫了。在我们这台巨大的液晶电视上，我们还能够看到那些公牛在大叫。在我们山里，我们看见过它们眼里滚出眼泪，落到沾着血迹的沙地上。

我伸着懒腰，走出房间，来到厨房。我妈正在厨房餐桌边喝啤酒。她面前摆着一盘撒着黄辣椒粉的烤花生和大蒜。

她抬头看看我。我有些害怕。我想看到变化。情况会变得咋样？我们都是谁？她面颊上沾着啤酒似的黄色眼泪。

葆拉离开了。埃斯特法尼搬到了墨西哥城，这样她妈妈就能获得更好的治疗。玛丽亚再也不会同我说话。露丝被永远抢走了。我爸在那边。

那天早上，山里变得空荡荡的。

我把双手握成拳头，这样我就不会掰着指头计算我们失去了多少人。

我妈看了我一眼，然后喝了一大口啤酒。她看起来有些不一样。如果我能吮吸她的手指，就像过去我还是个小婴儿时那样，我就会尝到她的指头不再是芒果和蜂蜜的味道。她的指头尝起来会像那些由白色变成紫色的鸡胸叉骨，过去她常常把它们放进一个装醋的玻璃罐里，这样我就能看到这些易碎的骨头怎样变得跟橡胶一样富于弹性。

在我家大门外，山里的各种昆虫仍在取食玛丽亚的血迹。

我知道，如果我走出门外，那些昆虫的踪迹会带着我直奔下面的公路。

妈，你都没打扫一下，你就让蚂蚁来完成这工作？

我妈用一张全新的面孔看着我。

我不清理血迹，这不属于我的工作。

从那天之后，我妈的脖子就总是歪向一边，竖着耳朵，倾听周围的动静。我知道她在听他那双美国造的牛仔靴的声音，听它们步出公共汽车，踏上滚烫的柏油公路，昂首阔步地爬上山坡朝我家走来。他会说，你居然朝我女儿开枪！

我妈坐在厨房餐桌旁看着我。

蕾蒂戴，她说，这一切都只证明玛丽亚是从一台该死的复印机上复印出来的！

II

12

第二天，迈克到公路边接我。他一副若无其事的样子，仿佛什么都没有发生，仿佛我妈并没有朝他妹妹开枪，仿佛他不是开着一辆红色的福特野马接我，而是坐公共汽车送我到阿卡普尔科，去给一个年幼的男孩当保姆，这是我的第一份工作。

我们约好上午九点见面，我想他肯定没法准时到达。一辆辆载客卡车从我身边横冲直撞地驶过，一个小时过去了，我身上满是尘土和柴油尾气。他终于驾着那辆崭新的红色敞篷汽车出现，伸手打开车门，示意我上车。他耳朵里仍然塞着连着 iPod 的耳机，所以他只是冲我做了个上车的手势。

他把 iPod 的音量开得很大，我都能听到耳机里传来轻轻的节奏。我们顺着公路一路疾驰，他的手指不停敲打着方向盘。途中他扭头给我些清至口香糖。他举起两根手指，示意我拿两片。于是我就拿了两片，用力嚼起来，吹出一些小泡泡，又在嘴里把它们挤破。

当迈克点燃一支香烟时，他就用膝盖控制方向盘。他的拇指上戴着一枚金戒指，上面镶着一颗巨大的钻石。他的食指上文着一个字母 Z。这个字母让我内心一下子平静下来。什么都别说，什么都别说，我在心里暗暗嘱咐自己。人人都知道，Z 代表着墨西哥最危险的毒品垄断集团。

迈克不打算讨论发生在玛丽亚身上的事情。他用耳机听 iPod 里放的饶舌音乐，我望着车窗外的一群群山羊。我看他一眼，觉得玛丽亚根本不属于他。她连模样都不像他。在那辆车里，在那一刻，我知道她是我最爱的人。我以前都没意识到这种爱，甚至当我怀里搂着她断掉的胳膊时也没意识到。

别回来，昨晚我妈一边帮着打点我寥寥无几的物品一边说。那个帮我打点行装的女人是焕然一新的妈妈。那时我仍然拿不准她怎么个新法。这是朝玛丽亚开枪后的妈妈。我们俩都需要点时间来互相了解。

一去不返是所有人的目标。这座山里曾经居住着整个村落，可是在他们修建那条从墨西哥城通往阿卡普尔科的太阳公路时，这一切便结束了。我妈说那条公路将我们这儿的人切成了两半。它就像把大砍刀一样将身体切成两半。有些人被留在了那条黑色柏油路的这一边，还有一些离开去了另一边。这意味着每个人都得不断地来回穿过那条公路。当我外祖母试图穿过公路给她的母亲也就是我的外曾祖母送去一罐牛奶时，一辆大客车把她撞死了。那一天，公路上洒满了鲜红的血和乳白的牛奶。

在过去这些年里，至少有二十人在横穿那条公路时被撞死。被车撞到的还有狗、马、鸡和鬣蜥，一条条蛇被车碾压得扁扁的，它们的尸体排列在公路上，就像一些红绿相间的飘带。

在我外祖母被车撞了后，我妈保留了她的少数物品。我外祖母参加聚会穿的鞋子依然放在我妈床底下的一个鞋盒里。对我们俩来说它都不合脚，因为一辈子都穿塑料人字拖，我们俩都是大脚板，脚趾也是扁平的。那双精致的鞋子是用蓝缎子做的，前面装饰着漂亮的蓝色蝴蝶结。一位著名的女演员把那双鞋子送给我外祖母，她断定那人是伊丽莎白·泰勒。我外祖母曾在火烈鸟酒店当女清洁工，酒店老板是约翰尼·韦斯穆勒，扮演过人猿泰山的演员。古老浪漫的阿卡普尔科给我们留下的就只有我妈床底下那双蓝缎子鞋了。

蕾蒂戴，答应我，一定要让自己丑丑的，那天早上我妈在我离开前说。

坐在我家的餐桌旁——这里简直是献给啤酒、三文鱼罐头、蚂蚁、薯片和袋装糖霜甜甜圈的圣坛——我答应她自己绝不用口红或香水，也不会留长发，而是保留男孩式的短发。

低调一些，别在光天化日下抛头露面，她说。

好的，妈妈。

我不知道自己是否应该带上葆拉的照片和她的笔记本，不过最后还是把它们塞进了包里。我知道，如果我把它们留在家里，它们要么会被丛林里的各种昆虫嚼烂，要么很快会受潮，长出霉斑。

这条公路的修建是我们这里一个个家庭走向毁灭的开端。人们开始陆陆续续离开，因为他们需要工作，于是很多人去了美国。我外祖父和我的两个舅舅及其家人全都搬到圣地亚哥去了。他们是在我外祖母出车祸后离开的。他们再也不想回头，于是我们便再没收到他们的消息。我妈说毒品贩子最后毁掉了我们的大山。在经历了这么多悲剧后，没有哪个村落能够幸存下来。

我们的山里只剩下少数女人，她们还知道怎么用鳄梨叶子包着鬣蜥烹成菜肴。

迈克驾着车，沿着那条公路朝太平洋驶去，车里的空调吹着我的脸，舒服凉爽。

当我们顺着公路移动时，我看了一眼我们那粉红色的山石，为了给公路腾出地方，它被切开了。它就像被剥掉皮的生肉那样袒露着。

13

在向阿卡普尔科行驶了一半的路程后，迈克从公路上拐了下来，上了一条土路。我看了看他，可是他正沉浸在自己的 iPod 音乐里，我想他都忘记我跟他在一起了。我望着车窗外，想着我妈独自生活在山里，成天喝啤酒、看电视，感觉一阵羞愧，因为我知道自己只想在这颗蓝色的巨大行星上找到我爸。

飞驰的车轮在我们周围卷起团团尘土。我想我们就像电视广告里的汽车一样，从公路上拐下来，开到地势崎岖的地方，表明车子能够在任何地形行驶。在广告里，迈克和我应该是一对戴着墨镜穿着紧身牛仔裤的情侣。我的卷发应该被风吹起来，像瀑布一样披散在我背上。

我们顺着一条边上种着棕榈树的路开了大约二十分

钟，直到我们抵达一座荒废的小屋，屋子旁边的两棵树之间挂着一张黄色的吊床。

当迈克关掉引擎时，一个秃头的高个子男人从小屋里走了出来。他就站在那里，没有朝我们走过来。

迈克取出了耳机。

就待在这里，乖乖的，别离开车子，迈克说。

那个男人瘦得皮包骨头，身上穿的牛仔裤就跟挂在他屁股上似的，蓝色的T恤衫和腰带之间露出一道棕色的皮肤。他的髋骨凸出，在他身体两侧留下深深的阴影。他还光着脚，戴一顶破破烂烂的宽边草帽。

他用手里的机枪对准我们。

我们到这儿来做什么？我低声对迈克说，仿佛外面那人能听到我们说话。

别动。

我们到这儿来做什么？

安静，安静。

迈克从车里钻出去，向那个人做了个手势，要他住手。

她是我妹，迈克大声说，嗨，别担心，伙计，她是瞎子。

那人看了我一眼，又回头看了一眼迈克。

她是瞎子。是的，是的，她生来就是瞎子。

那人手里的机枪垂了下来。

迈克转过身，用什么东西对着我一指，我听见车门被锁上了。那是车子的遥控器，它不单把我锁进了这辆敞篷车里，而且把车窗也给锁上了。

迈克和那个人走进小屋。

小屋右侧那几棵棕榈树的树荫里停着三辆黑色的凯雷德。其中一辆 SUV 的保险杠上用皮带拴着两条罗威纳犬。它们热得直喘气，黑红色的舌头垂挂在嘴巴外面。

一棵龙舌兰狭长多肉的叶子上晾晒着两件小女孩穿的衣服。一件是白色的，另一件是蓝色的。

时间一分钟接一分钟地过去了，周围的世界似乎变得越来越安静。紧锁的车内闷热无比，我感觉自己就像待在烤箱里一般，这时甚至连昆虫的低吟也消失了。

晾晒在龙舌兰上的衣服让我想起小女孩如细枝般瘦小的胳膊从袖子里钻出来。两件衣服差不多已经干了，它们被热风掀起来，微微拂动。

在龙舌兰旁边的地上，放着一只玩具小桶和一把玩具扫帚。

我嘴里的清至口香糖已经失去了它的粉红色和棉花糖似的味道。

待在闷热的车里，我开始恍恍惚惚地做起白日梦来。

关上引擎和空调，车窗紧闭，车里的所有空气都被我的身体吸干用尽。我的大腿在牛仔裤里湿透了，我全身都潮乎乎的。我感觉干渴、眩晕，就像被这炎热给麻醉了似的。我想象一群白色海鸥如海市蜃楼一般在那座小屋、那两条罗威纳犬和那个瘦男人上空飞过。在我令人窒息的白日梦中，我把鸟儿想成云朵，我想象一个穿着白衣服的小女孩从地上捡起海鸥的羽毛。

有时候，我都无法判断自己究竟在车里被锁了十分钟还是两小时。当迈克走出小屋，那些狗开始吠叫时，我一下子清醒过来。

迈克朝车子走来。他从牛仔裤里掏出车钥匙，用遥控器冲着车指了一下，我听见车窗下的锁咔嗒一声打开了。他低头背对着太阳走得飞快。他打开车门钻了进来。

出什么事了？我问。

你睡着了吗？

那个人是谁？

把车窗摇下来。

迈克将一个小塑料袋放在我们之间的座位上。他启动引擎，掉转车头，我们顺着那条土路原路返回，朝公路驶去。

迈克随着他脑海里的嘻哈乐节奏用手指敲打着方向盘。

他在流汗，一滴滴的汗水从他的头发滴落到他的后脖子上。他把方向盘夹在两个膝盖之间，动作娴熟地从头顶上一下子脱掉衬衣。

他的上臂文着数字“25”，旁边是一朵暗红色的玫瑰。坐在他身边，我似乎能闻到那朵花的香味。我似乎能闻到他胳膊上那朵玫瑰花的香味，仿佛我正在一丛玫瑰边俯身嗅闻那些柔软的花瓣。

话说，他们为啥叫你蕾蒂戴呢？仅仅是因为你妈非常喜欢那位王妃吗？[1] 迈克问。

不是的，迈克。

我不打算告诉他，我妈给我取名蕾蒂戴是因为她痛恨查尔斯王子对戴安娜的所作所为。

多亏了我们的电视机，我妈对这个故事的前前后后都

[1] Ladydi 是人们对 Lady Diana 即戴安娜夫人的爱称。

了如指掌。她热爱任何遭到丈夫背叛的女人。这是一种特殊的姐妹情谊，产生于同样的痛苦与仇恨。她过去常说，如果遭到背叛的女人有保护圣徒，那位圣徒就该是戴安娜夫人。有一天，我妈从传记频道得知，查尔斯王子声称自己从没有爱过她。

他干吗不撒个谎？我妈说，他干吗不撒个谎？

我名叫蕾蒂戴不是因为我妈仰慕戴安娜的美貌和名气。我名叫蕾蒂戴是因为我妈对她遭受的羞辱感到同情。我妈说戴安娜夫人过的是真正的灰姑娘式生活：她的抽屉里装满了破碎的水晶鞋、背叛和死亡。

有一次我过生日时，收到一个戴着皇冠状头饰的戴安娜王妃塑料玩偶。这是我爸从美国给我买的。事实上，这些年来他给我买了好几个戴安娜王妃玩偶。

我妈是为了报复才给我起这个名字。这是她信奉的一套哲学。她可不认为宽恕是美德。在她的报复哲学里有各种各样的情节。例如，被你报复的人不需要知道报复行动，正如我爸不知道我叫这个名字的缘由。

当我遇到的人对我的名字感到惊讶并且甜甜地叫上几遍这个名字时，我几乎能尝到嘴里的糖粒甜味。我知道他们在拿我的脸跟戴安娜的脸比较，为我感到遗憾。他们在拿我黝黑的肤色跟她白白的皮肤对比。

在阿卡普尔科的郊外，迈克得驾车通过一条长长的隧道，它从我们抵达海湾前的最后一条山脉中间横穿而过。我曾坐着公共汽车和出租车多次进入这条隧道。

当我们驶出隧道时，车里洒满了大海上的明媚阳光。

迈克的淡蓝色牛仔裤上洒着点点血迹。

现在我知道了，鲜血闻起来可能像玫瑰。

我妈看过一部纪录片，介绍的是墨西哥塞塔贩毒集团怎样把人变成杀手。她说他们会把一个人的双手绑在背后，逼他跪下来吃掉自己的呕吐物，或者吃掉别人的呕吐物。

迈克和我驾车穿过阿卡普尔科的街道，朝它的老城区驶去，那里有一些始建于20世纪40和50年代的破败别墅。最近这些年，人们开始买下这些房产加以修葺。那些房子依山而建，就修建在山体岩石里面，矗立于卡勒达和卡勒迪亚海滩上方。从这里能够看到左侧的海湾和正前方的罗格达岛构成的海景，而往右则可以一直看到开阔的外海。

你知道吧，迈克说，至今你爸都一直在给我妈寄钱。

什么？

真的，直到今天你爸都一直给我妈寄钱。

我不信。他有好多年都没给我们寄钱了。

呵，他给我妈寄钱呢。每个月都寄。

这不是真的，求你说句实话。这不可能。

好吧。这不是真的。

他现在住在哪里？那些钱是从哪里寄来的？

纽约。

迈克在一座新刷成白色的大宅子前停下车来，让我在门口下车。

去吧，他说，这就是那个地方，下去。

他在大门外把我扔下，自己甚至都没下车。当你杀过人后，就会不记得什么礼节了。

我对他唯唯诺诺。我知道要对杀手唯唯诺诺。当他把那只塑料袋递给我时，我也唯唯诺诺。那是他从小屋里拎出来的袋子，后来放在车上我们俩的座位中间。他让我代他保存袋子，到他需要时再给他，这时我依然唯唯诺诺。我唯唯诺诺地把它放进我那个拉锁已经坏掉的黑色露营袋里。我唯唯诺诺。我唯唯诺诺。我唯唯诺诺。

迈克把车窗摇下来。

我过几天就来拿那个袋子，他说。

好的。

别偷里面的任何东西。

我不偷东西。

有其母必有其女。

闭嘴！

我摁了摁门铃。迈克驾车离开了。他都没有等等看是否有人给我开门。

过了一两分钟，一个仆人打开了门。她穿着一身淡粉色的制服，外面套着一条清爽干净的白色围裙。她直直的灰发用绿色缎带扎成辫子，并用发卡别在额头上方，看起来就像一条头巾或王冠。她大约有七十岁，有棕红色的皮肤和淡棕色的小眼睛。我觉得她看起来像一只松鼠。

我仿佛站在一个幽灵前面，也就是我妈说的墨西哥幽灵。我妈用这个词语来形容任何古老的东西。多年来，我妈和我只需说出幽灵这个词，我们俩就很清楚那是什么意思。幽灵可以指一个旧篮子、一棵老树、玉米饼的味道，甚至一首老歌。

她说话轻声细语，告诉我说住在宅子里的那户人家已经离开一个多星期了。她不知道他们什么时候回来。她名叫哈卡兰达。我跟着她走进宅子，闻到她身上有股椰子油和橙子的气味。

哈卡兰达解释说，这所房子属于多明戈一家，包括路易·多明戈先生、瑞贝卡·多明戈太太和他们六岁的儿子阿列克谢。

当哈卡兰达带我穿过房子时，我能够感觉到我妈就在我旁边。我几乎能够听到她冲着配有白色真皮靠垫的白色真皮沙发吐口水，冲着那些装饰着青铜芭蕾舞女雕像的玻璃桌吐口水，冲着冰凉的大理石地板吐口水，冲着铺有白色瓷砖的厨房地板和不锈钢水槽吐口水。

我几乎能够听到她说，这里的一切都太干净了，干净得让人难受。当我环顾四周时，我知道她会要求我描述每一样东西。她想知道我能从这里偷什么东西给她带回去。她会看着这所房子说，我们需要为脏东西祈祷。

起居室的窗户面对一个花园，它坐落于一块峭壁之上，可以远眺大海。在一棵巨大的九重葛树下耸立着一匹青铜马雕像，跟真的马大小相当。花园的一侧有个海龟形状的游泳池，是直接从地上挖出来的，表面贴着淡蓝色的瓷砖。

哈卡兰达打开玻璃门，带我走进花园，顺着一条小径朝用人房走去。我们都有自己的卧室，但共用一个卫生间。

我的卧室里有一张单人床和一把椅子，还有一个小窗户，能看到车库内部。房间里有股花香味清洁剂的刺鼻气味。我透过窗户往外看，能够看到一辆白色的奔驰敞篷车和一辆黑色的凯雷德车并排停在车库里。

哈卡兰达说我也必须穿她那样的制服。她让我把衣服换了，安顿好之后到厨房去，她好给我弄点午餐吃。

我从包里取出自己不多的几样东西，将葆拉的照片和笔记本以及迈克的塑料袋子藏在我的床垫下。在这个小房间里再没有别的地方可以存放它们。

我的手机铃声响了起来。是我妈打来的电话。

我知道她此刻站在那块空地上，胳膊高举在空中，试图捕捉到手机信号。她的上臂因为把手机举在空中并且在两只手之间来回移动而被晒伤。

那里很可怕，对吧？她说。

是的，这里脏死了。

你是认真的吗？那里到底怎么样？

还好吧。

但你确实讨厌它?

是的，我讨厌这里。

这样的谎言在我们之间来回往复。事实上我已经爱上这所海风轻拂的干净房子，但我妈会要我立刻回家。

坚持一下，给它一个机会，待在那里。

好吧，我试试，妈妈。

如果你不喜欢那里的生活，你可以随时回家。

然后手机就没声了。这种情况司空见惯，那意味着你不得不一遍又一遍地回拨电话。我们全都知道，拥有这家电话公司的卡洛斯·斯利姆就是靠这种手段成为世界首富的。他使得墨西哥的所有人都不得不总是回拨电话。

你还能怎样?我妈过去老是说。不再给家里人打电话?不再给医生打电话?不再给任何有可能——只是有可能——帮你找到自己被抢女儿的人打电话?我们当然全都会把电话回拨过去!

我关掉手机，来到厨房。我穿着自己那双来自丛林的红色塑料人字拖，走过铺着白色瓷砖的冰凉地板。

哈卡兰达正在炉子上烤一些用奶酪和绿色生辣椒作馅

的玉米饼，并且让我在早餐桌旁坐下。从厨房里能够看到海湾的风景。

桌上摆着三套餐具，甚至还有三套盐瓶和胡椒瓶，旁边是装柠檬水的高脚水晶玻璃杯，里面泡满一片片柠檬皮。

哈卡兰达从冰箱里取出一只冰盒，将一些星形的冰块放进我们的饮料里。

她将两个玉米饼放在我面前的盘子上，然后坐下来。她只能在椅子和玻璃桌之间挤进去。

等你生过宝宝后，她解释说，你的肚子总是想恢复原来的形状，就好像它渴望宝宝回到肚子里一样，她说。

哈卡兰达把双手放在自己肚子上，骄傲地说，我有十一个孩子。

当我吃饭时，她告诉我说，在过去的八年中，她一直在这所房子里工作。在那之前，她在一家酒店当了四十多年的清洁女工。

当你在酒店工作过后，你对人性就无所不知了。

我一边吃玉米饼一边听她说话。

大多数人都很和蔼，她解释说，大多数女人都对自己的男人不忠。

我告诉她说，我妈会反对这个看法。

不，哈卡兰达坚持说。只有一件事让人没法理解。男人总是被捉奸，女人却不会。

哈卡兰达还告诉我说，人们从酒店房间里偷任何东西，甚至电灯泡。

我当然知道这种事。我妈就一直在偷电灯泡。

哈卡兰达记得自己的第一份工作是顺着大街敲人家的门，问那些穷人家的女人是否愿意卖掉自己的辫子。那时候她会以每条十比索的价格收购辫子。有时那些女人会当场剪掉自己长长的麻花辫或马尾辫，因此哈卡兰达总是随身带着一把锋利的剪刀。大多数时候，那些辫子都已经剪下来放在女人们的橱子或抽屉里，装在盒子或袋子中了。

这是在人人都制造人造头发并从中国进口这种假发之前，她解释说，那时女人们仍然留长发。

如今大多数人都没有真正的、真正的长发了。

是的，过去女人们的头发会长及膝盖。我为阿卡普尔科的一个女人工作，她有一家小型的假发公司。我们挨家挨户收购来的头发被分成三类：短的、中等长度的和长的。然后那些头发经过消毒和染色，就被制作成假发和头饰。那些头饰非常时髦，放在墨西哥城市中心的一家商店里出售。

你还保存着这种头发吗？我问。

没有。不过我过去经常想象墨西哥城的富家太太小姐们在派对上跳舞，头上戴的假发却来自格雷罗一个光着脚的纳瓦尔印第安女人。

有一个日子特别难忘，那天哈卡兰达仅仅在一户人家就收购了十条辫子，来自那个家庭的五代女人，颜色从黑色到灰色再到白色。

所有那些发辫都跟我的胳膊一般长，哈卡兰达记得。

真是难以想象。

我过去常常用我自己的头发缝纫，把它当作线，哈卡兰达说。

我妈仍然用自己的头发缝扣子或修补褶缝。

是的，我过去也常常那么做。

这里还住着别人吗？我指着桌上放的第三套餐具问。

是的，还有胡里奥，他是园丁。他今天不在，不过明天会回来。

午餐后，哈卡兰达带我参观了一下这所房子。

当我们从那些房间穿过时，哈卡兰达边走边咀嚼一小片一小片的纸。白色的纸浆时不时地从她的牙齿之间冒出来。哈卡兰达说她从小就养成这个习惯，因为她妈妈太穷，买不起口香糖给她嚼。她想让自己的朋友以为她在嚼真正的口香糖，结果就养成了习惯。

每个房间似乎都没人住。地板非常干净，我知道，如果自己手里的一片苹果或烤面包掉到了地板上，哪怕把它捡起来就吃掉也没事。地板比我的皮肤更干净。房子里没有可招来蚂蚁的面包屑或招来蝎子的蜘蛛。里面没有蜘蛛网，也没有任何个人物品，例如挂在椅背后的夹克衫，卷起来放在桌上的杂志，或者挂在相框里的照片。

主卧室里有一张超级大床，正对着一扇巨大的窗户，透过窗户可以俯瞰花园和远处的大海。床上方的墙上挂着耶稣被钉到十字架上的木质雕像。这间屋子还连通着一间很大的卫生间，里面有一张按摩台，正中间是一个极可意[1]水流按摩浴缸。

主卧室里有一道紧闭的门，我们没看那里面。哈卡兰

---

[1] Jacuzzi，顶级按摩浴缸品牌之一。

达解释说那是更衣室，里面放着他们的衣服。

那道门是锁上的，她说。

主卧旁边是那个小男孩的房间。

他很小，还没有上学呢，哈卡兰达解释道，你得跟他一起玩儿。

这是唯一看起来有人住的房间。屋里到处是玩具，堆满了每一个平面和每一块地板。床上扔着至少三十个填充玩具，就像一堆枕垫。在一个带抽屉的柜子上摆着三只装满糖果的大玻璃罐。红色、黄色和绿色的 M&M's 巧克力豆在阿卡普尔科的阳光中闪烁着光芒。

男孩的床被雕刻成鲸鱼的形状。

哈卡兰达带我看的下一个房间是电视房。这里有一台占据整面墙壁的墙幕电视，就像电影院。屏幕前面有两张沙发、三把扶手椅和两个巨大的豆袋椅。另一面墙上有个从地板到天花板高的架子，用于存放 DVD 光盘。

这是他们喜欢做的事情。他们喜欢看电影和吃爆米花或热狗。他们会翻来覆去地看同一部电影，哈卡兰达说。

我在电视上看过这所房子。

我以前从没有在大理石地板上走过，感觉就像走在一块冰上，但我见过这种地板。我以前从未坐在一张摆放着全套餐具——包括两把餐叉、两把餐刀、一把汤勺和一块熨烫过的亚麻布餐巾——的餐桌旁，但我见过这种场面。我从未用过盐瓶或看着自己杯子里的星形冰块，但我见过这些东西。

那时我就知道，就算我去埃及参观金字塔，它们在我看来也会眼熟。我敢肯定自己能在非洲的旅行队里骑马或开吉普车。我知道怎么烹饪意式宽面和用套索抓牛犊。

我记得自己在电视上看过的一些暴力和灾难场面，它们也有助于我积累那些来自电视的知识。

想到这里，我感觉嘴里似乎有股酸牛奶的味儿，就像在闷热的丛林中把牛奶在桌上放得太久的味道。是的，洪水让我感觉熟悉。是的，车祸让我感觉熟悉。我想，是的，强暴让我感觉熟悉。是的，就算我就要死了，临死时睡的床也会让我感觉熟悉。

然后我想起迈克在那个牧场上，以及沾在他衣服上的点点血迹，尽管我没有走进那座摇摇欲坠的小屋，但我知道发生了什么。

我已经在电视上见过我的生活。

14

当我在自己的用人房里度过第一个夜晚时，我躺在床上，望着那扇冲着大车库和两辆汽车的小窗户。屋里再没有别的东西可看。

我屋子里弥漫着一股汽油味。这就像睡在一家派墨斯[1]加油站里。

我知道自己不必担心昆虫的骚扰。这所房子闻起来就像经常熏蒸消毒除虫一样，有股烂柠檬的气味。

那天晚上，我脑子里有一个挥之不去的问题。我想知道玛丽亚此刻是否已经知晓真相。他们肯定已经告诉她了，这就是上帝用兔唇惩罚她的原因。这是因她妈妈跟我爸乱

[1] Pemex，墨西哥国家石油公司。

搞而受到的诅咒。肯定有人把真相告诉了她，跟她解释了我妈为什么朝她开枪。

当玛丽亚照镜子时，她有没有在自己脸上看到我爸的面孔？

我想知道迈克说的是不是真的，我爸是不是真的给玛丽亚的妈妈寄钱。如果我妈知道这件事，她会找到他的。她会的。从那以后，她也不会再指望他回心转意了。

当我躺在那张床垫上，我脑子里想着所有这些事情。床垫下面藏着葆拉的照片和笔记本，以及迈克的塑料袋，里面装着一块有砖头那么大的海洛因。

一块由五十个小袋构成的砖头。

15

就在第二天早上，园丁胡里奥穿过大门走进来，我对他一见钟情。

他直接走进我心里。

他顺着我的肋骨向上攀登，走进我心里。我默默想着，为梯子而祈祷吧。

我想闻他脖子的气味，把自己的嘴压到他的嘴上，品尝他嘴里的味道，抱着他。我想闻闻花园、草地和棕榈树的气味，闻闻玫瑰、叶子和柠檬花的气味。我爱上了这个园丁，他的名字叫胡里奥。

我花了一个上午跟着他在花园里转悠。他修修剪剪、挖来挖去。他用手指抚摸一棵柠檬树的叶子，闻它们的气味。他从牛仔裤的后裤兜里掏出一些扁平的银色种子，把它们压进土里。他用长长的剪刀剪草。

一个小时后，他离开花园，到车库里搬来一架梯子，这样他就好修剪那些粉红色的九重葛，它们顺着一面墙壁和那匹跟真马一般大小的青铜马生长。当他剪掉那些长得过长的树枝时，黄色的花粉就会飘落到空中，那些花瓣就像纸花一样覆盖着地面。

胡里奥才二十刚出头。因为整天在太阳底下工作，他的皮肤被晒得黝黑。他留着非洲式短发，就像黑色的王冠一样竖立在他头上，他有一双淡棕色的眼睛。

胡里奥对那些花朵和叶子温柔怜惜。他用双手捧着玫瑰花，就仿佛捧着它们是他的荣耀。他用手指捻弄那些藤蔓，就仿佛它们是一缕缕的头发。他轻柔地踏在草地上，就仿佛不希望那些小小的条形叶片在他的重量之下断裂甚或弯曲。

在我的生活中，植物一直是我抵抗的东西。树林里到处是狼蛛。藤蔓纠缠着一切。巨大的红蚂蚁生活在树根下，蛇就躲藏在最漂亮的花朵附近。我还知道远离那一片片异常枯干的棕色丛林，它们因为直升机洒下的除草剂而被扼杀。在今后的几十年中，那种毒药还将继续灼烧这片土地。

在我们山里，人人都梦想进城，梦想拥有让昆虫无法生存的水泥。我们无法想象为什么还有人想要花园。

因为我爱上了胡里奥，所以外面大街上大车小车的声音听起来就像潺潺流水声。大客车喷出来的柴油尾气闻起来就像花香，大门外放了五天的腐烂垃圾闻起来那么甜美。水泥墙仿佛变成了镜子。我那双丑陋的小手仿佛变成了海星。

我跟着胡里奥在花园里转悠了几个小时，而他从不跟我说话。

每天在胡里奥离开后，我都会坐在自己屋里祈祷。我祈祷着，希望这个由九重葛、玫瑰、树荫、柠檬和玉兰树构成的美丽花园变得枯干，希望草坪长满杂草。我祈祷着，希望胡里奥每天都来这所宅子里照顾他这个病恹恹的花园。

天很晚了，我已经睡着，这时我的手机铃声响了起来。是我妈打来的。她怒气冲冲。

我不知道她是不是喝醉了，但我确实知道，她正独自站在那块黑漆漆的空地上，对着电话大吼大叫。信号不好。我也开始冲她喊叫起来，就仿佛我的声音能够越过这座城市的街道，翻过那座高山，顺着公路传入她的耳朵。

因为信号太差，她又在大喊大叫，我都没弄明白她为什么打电话。

你一个人待在那块“德尔斐圣地”上面做什么？已经这么晚了，天都黑了，快回家去！我叫道。

你把它偷走了！你带走了它，都没问我答不答应！

我带走了什么？

别跟我来这套！你知道自己拿走了什么！

什么？

你赶快坐车把它给我送回来！

这样的对话来回重复几遍，最后我们的电话断了。我一直没弄明白她以为我偷走了什么。她没有再打过来。

我闭上眼睛，想象接下来会发生什么。我妈骂骂咧咧地挂断电话。她冲下山，朝我们那所小房子扑去，脚趾高高地蜷在她的人字拖前面，就像鹦鹉爪子抓住树枝一样抓住塑料鞋底。我仿佛能看到她跌跌撞撞，一步一滑。

我祈祷着，希望天上没有月亮，希望那是最黑暗的一天，希望她迷路，在撞上一棵树后被蝎子蜇到手。只是这样正话反说的逆向祈祷从来都逆得不够。

当我来到这所宅子时，哈卡兰达给了我两套制服。所以，我也像她那样，在粉色的制服外套上一条白色的围裙。

第二天早上，当我走进厨房时，哈卡兰达已经起床煮咖啡了。她给我一盘炒鸡蛋加几片热狗肠。

我问她，我们的雇主什么时候回来，可是她也不知道。她说他们本来只是周末去拜访住在诺加利斯的亲戚，那地方在索诺拉州。

随着早上的时间渐渐过去，哈卡兰达跟我讲起雇主一家的情况来。

多明戈先生在科阿韦拉拥有一座牧场，那是很靠北的地方，就在拉雷多的边境线对面。那座牧场因盛产巨大的白尾鹿而闻名。所有那些动物都来自他的地产。

去年一月，哈卡兰达第一次到这家牧场去。牧场住宅的一边有一大片圈围起来的土地，里面养满了鹿。住宅后面有一些笼子，里面装着些年老的狮子和老虎，是多明戈先生从动物园买来的。

来自美国的富人喜欢到那里去打猎，哈卡兰达说，猎杀一头鹿要花两千美元。

看起来钱很少。

很少？谁知道呢？那些鸟儿是免费的，猴子也是。

他们有猴子？

没人想杀猴子，她说。

哦，真的吗？为什么？

谁会杀那些免费的动物呢？

当她待在牧场上时，一群来自得克萨斯的生意人租下牧场打猎。

牧场住宅内有一间巨大的起居室，里面铺着一张用北极熊皮做的小地毯，墙上挂着几十个鹿头。吧台旁那些宽宽的圆凳子是用大象脚做的。台灯是用鹿腿做的，里面用长长的钻头钻空了，这样电线就可从中间穿过去。

哈卡兰达说多明戈先生喜欢每年到非洲去打一次猎，当她在那里工作时，有两个大箱子被送到宅子里来，里面装着一些死去的动物，像衣服一样平放着，以后再经过填充做成标本。

哈卡兰达的工作是擦洗屋子里所有动物的玻璃眼睛。

多明戈先生喜欢那些眼睛看起来跟真的一样闪闪发光，她说。

每周两次，哈卡兰达都必须用一个小桶装满水和漂白剂，站在一架梯子上，用一块抹布拭擦那些玻璃眼睛，这样它们就可闪烁着栩栩如生的光彩。她说她会留意寻找子弹射入动物身体时留下的小孔，可是它们的皮肤被缝合得如此完美，她从来看不出弹孔在哪儿。

哈卡兰达把多明戈太太描绘成一个来自索诺拉州世家大族的好女人。她彬彬有礼，优雅高贵，而她丈夫却相反。多明戈太太讨厌住在阿卡普尔科，哈卡兰达说她一直想离开这里，为此跟多明戈先生争吵不休。多明戈太太把大部分时间都花在看电影上。

她不喜欢像其他女人那样去购物或到美容厅去。她就待在家里，看电影，陪她儿子玩儿，哈卡兰达说，不管怎样，多明戈先生不喜欢他们离开这所房子。

多明戈先生出生在阿卡普尔科，他父亲在几年前去世了，曾经是一家小酒店的老板，哈卡兰达曾在那里工作多年。

这就是我最终来到这里的原因，哈卡兰达说，我以前就已经为这家人工作了，在酒店里打扫房间。

吃完早餐后，我来到外面的花园里，等待胡里奥来上班，这样我就可以跟着他转悠，看他工作。

从花园里，我能够远眺大海，那一天，我看到两艘大型游轮驶入港口。几条小船从码头朝游轮驶去，接游客到阿卡普尔科来购物。

胡里奥来了后，我就跟着他四处转悠，看他干活儿。他不爱说话，默默地接受了我的崇拜。我不知道怎样换一种方式行动。我爱他，想要他，从没有人教我为这种热爱做好准备。

我渴望他对我下命令，渴望他说：给我倒一杯水。

我希望他说：在我搬梯子时拿着我的大剪刀。

我想要他给我指令。

我想对他百依百顺。

我想跪倒在他面前。

我们在寂静的花园里走来走去，我爱上了他修剪和种植花草树木的声音。

每天，哈卡兰达和我起床、洗澡，穿上我们的粉红色制服和干净的白围裙。她穿一双白色的塑料护士鞋，而我仍穿那双旧的塑料人字拖鞋。

每天我们都为雇主的抵达而梳洗打扮，每天我们都会打扫这所干干净净的房子，胡里奥会用一张长长的网清理游泳池里的落叶。

雇主给哈卡兰达用来管理住宅和购买食物的钱渐渐用完了。食品储藏室里有什么我们就吃什么。有一天我们做的饭是用玉米饼把鱼子酱包起来，再浇上热乎乎的番茄酱。

我们从不碰那一瓶瓶的香槟或成箱的葡萄酒。

有一天，哈卡兰达、胡里奥和我一起坐在厨房里喝柠檬水，这时哈卡兰达说，我必须告诉你们俩一件昨天已经得到证实的事情。

什么事？胡里奥问。

我们一直怀疑出了什么意外，不过现在我知道了。没有人会回到这所房子来。几个月前他们全都在诺加利斯城外的公路上被杀死了。

他们家没人会再次露面了，胡里奥说。

那个小男孩也被杀死了吗？我问。

新闻里是这么说的。他们花了这么长的时间才确认这一家子的身份。他们有很多案子要处理。

我们都知道墨西哥全国各地都有一些空房子，它们的主人一去不返。

我打算住在这里，哈卡兰达说，直到我找到一份新工作。

我也是，胡里奥说。

我也是，我回答。

胡里奥对我跟着他倒也满意。他仍然在照料花园，他说他这么做只是出于对花园的尊重。我会为他拿着大剪刀，就仿佛举着他的手。在我心目中，那一袋袋落叶、那架梯子、那些大剪刀以及耙子和清理游泳池的网子都成了他身体的一部分。

有一天，我跟着他走进车库。他需要拿些肥料撒在那棵玉兰树下。一袋袋肥料都堆在一个巨大的汽油罐旁边，汽油罐甚至带有油泵，就跟加油站里的一样。

一根火柴，一个小小的火星，就能把这所房子炸飞，当我跟着胡里奥走进幽暗、闷热的车库时，他说。

在车库里，胡里奥进入我的身体。他的身体把我压在那辆奔驰车的车门上，我能感觉到车门把手顶着我的腰背。

胡里奥把我扭向一边，打开车门，把我朝后推去，直到我躺在车子座椅上，双腿悬垂在车门外。车里有股真皮和香水的气味。胡里奥从我大腿上把我的粉红色制服捋到我腰上，然后把我内裤褪到我腿上。我听见我的人字拖掉到地板上。

从那以后，胡里奥就搬进了宅子。他早上待在花园里，修剪树木和草坪，或者把化学品放进游泳池里。下午我们就看电影。

起初我们睡在我那间用人房里，睡在那张狭窄的单人床上，但仅仅过了几天，我们就搬进了主卧，在那个极可意浴缸里洗澡，睡在那张超大的双人床上。哈卡兰达并不在意，因为那时她已经住进那个孩子的卧室，睡在那张鲸鱼形状的床上。

在浴室里，我喜欢翻看多明戈太太那张组合式梳妆台的每一个抽屉。她在一个抽屉里放了至少五十支口红。另一个抽屉里放着超过二十种不同的香水。我试用了每一种。我把自己全身都抹上一种兰花乳霜，又给膝盖和胳膊肘抹上一种用金粉做的乳霜。我还会喷上她的香奈儿 5 号香水。

在水槽底下，我找到一个珠宝盒。它没有上锁，藏在一条毛巾下。盒子里有两条粗粗的金项链、一只劳力士金表、一枚镶嵌着一颗大钻石的戒指。我把戒指戴在自己的无名指上，大小正合适。我再也没把它取下来。

现在我们俩已经是情侣，胡里奥也就同我说话了，我逐渐了解了他的生活。他说话的方式很奇怪，每件事都要讲述两三遍，但每次讲述的方式都不一样。我慢慢理解了他说话的节奏，我想或许墨西哥北部的人就是这么说话的。

我就是个任性的人，他说，我能告诉你什么呢？我就像只耗子一样被困在河里，是个河中困鼠似的人。是的，我夺去了一个人的生命。我很任性。

他叫我蕾蒂戴王妃。

你是个独一无二的人，他说，我会为了你把鞋子擦得闪亮，为了你在雨中站上五个小时。只为了你，蕾蒂戴王妃。

我决定不告诉他为什么我妈用戴安娜夫人为我命名，因为我不想让自己心碎。

我想过河但在河岸上被抓住了，那个看守我的警卫把脸转向别处，让我获得逃跑的机会，胡里奥说。

胡里奥杀死了一名美国边防巡逻队的警卫。这就是他到阿卡普尔科而非加利福尼亚当园丁的原因。

胡里奥曾经在多明戈先生的牧场上工作，在新拉雷多长大。在他杀死那名边防警卫后，他回到墨西哥。多明戈先生很快就帮着他脱了身，并且尽可能地远离美墨边境线，还给了胡里奥一份在自己位于阿卡普尔科的宅子里当园丁的工作。胡里奥说多明戈先生最痛恨美国边防巡逻队了。

我需要隐姓埋名地活着，就好像我已经在那条河里淹死了一样。我需要肚子里装满水冒出来又消失掉，漂进海里。每个美国边防警卫都以为我在格兰德河、布拉沃河里淹死了，胡里奥说。

现在我明白为什么哈卡兰达不干涉我们的事情了。胡里奥亲手杀过人。她知道胡里奥曾经抓住那名边防警卫的脖子，像抓着一根嫩树枝一样将它拧断。

我们一起在房子里生活了六个月，等待着发生什么事情。这种等待让我想起自己小时候生病的感觉来：日子一天天地过去了，我不知道自己什么时候回去上学。有一次，我发高烧后躺在一张吊床里。有好几天，我妈都摇着吊床，用扇子赶走我身上的苍蝇，直到她胳膊酸痛。在我们山上，用扇子给人赶苍蝇是人与人之间最友善、最有爱的事情之一。我在电视上看过一部纪录片，讲述非洲的苍蝇吸食孩子们眼睛里的液体，那时我真的好难过。没人把那些苍蝇赶走，甚至拍纪录片的人也没有。国家地理频道的那名摄影师就只是把那些苍蝇喝眼泪的场面拍下来。

有一次，我告诉胡里奥说我厌倦了被锁在宅子里，于是他计划带我出去玩一天。

这是我来到这里后第一次离开宅子。我脱下自己的用人制服，换上我的牛仔裤和T恤衫。自从我跟着迈克来到这里起，我就再没穿过这身衣服。我能够感觉到自己的身体穿着这身旧衣服有些异样。那是一种五味杂陈的异样感，包含了在大理石而非泥土小径上行走的感觉，包含了开着冷气睡在一堆毯子下的感觉，包含了一晚接一晚地与胡里奥温存缠绵的感觉。

我们从大理石宅子顺着山坡朝下面的卡勒达海滩走去。

胡里奥一边走一边握住我的手。你是我的小丫头，他说。别松开我的手。

他喜欢把我当作小孩子。我甚至期待着他从口袋里掏出一张纸巾为我擦鼻子。他那样子就好像要带我去糖果店似的。我喜欢被他宠着，于是我就依偎着他，忘记了他是个杀人凶手。

胡里奥买了玻璃底游船的船票，我们就坐船穿过海湾去罗格达岛。其实他并不想让我看到沙子、大海或那个岛屿。他不想让我看到岛上的动物园及其里面那头老狮子，在没有风的早上，我们可以听到它的咆哮声越过海湾传来。胡里奥想让我看看水里那尊瓜达卢佩圣母的青铜雕像，它被海水淹没了，如今被称为海洋圣母。

现在你就要看到海洋圣母了，他说，她保护那些遭遇船难的人和渔夫，还有被淹死的人。

这条游船吃水很深，就仿佛它是一条宽阔的独木舟。胡里奥和我靠过去，透过玻璃就能看到在船底下方移动的一切东西。过了一会儿，我们看到那尊雕像在海浪下露出形体。

透过船底的有色玻璃，海底世界看起来一片碧绿。头戴王冠的圣母在绿光中呈现出玻璃瓶似的绿色。她周围是成群结队的鱼儿，肩膀上有些海蜗牛。她还充当了许愿井的角色，周围的海底撒满硬币，它们在这个圣所里闪烁着幽幽银光。

当我们晃晃悠悠地从她上方经过时，胡里奥说，我们最好祈祷一下。他低下头，十指交叉握在一起。

入之愈深，发现愈多；发现愈多，求之愈甚。他大声念着祈祷词，阿门，阿门。

你把祈祷词都念出声来了？

你要不要祈祷一下？他问。

那天深夜，我们躺在那张超大双人床上，胡里奥把我搂在他怀里。

我必须让你明白我是个淹死的人，就像她，就像马利亚一样，被淹死了，整夜躺在海里，躺在一团漆黑中，他说。人人都以为我沉到那条河的河底了，我母亲也那么以为。对我来说，活着太危险。我夜里没法做梦。手持蜡烛生活在黑暗中与手持手电筒生活在黑暗中有很大的区别。我拿着手电筒，但我想要一支蜡烛。

你母亲也以为你死了?

是的。人人都在为我祈祷。

你不能告诉她吗?她需要知道你在这里。

我家里人还记得我是跑得最快跳得最高的人。每次赛跑我都会赢，我一直都是赢家。我应该一路飞跑把那个边防警卫甩掉的。我没看见他，也没听见他的声音。我妈一直说，胡里奥绝对、永远不会被抓到。他宁愿淹死也不会被抓到。于是我淹死了。你爱上一个被淹死的人，蕾蒂戴王妃。当你吻我时，你有没有尝到那条河的味道?那里还为我立了个十字架，在我过河的地方，一个白色十字架。

上面有你的名字?我问。

对美国警察来说，那个白色的木头十字架是最好的证据，证明我已经死掉。它都被收进我的 FBI 档案里了。想象一下，那不过是河边一个摆着塑料花的木头十字架，它居然真的向 FBI 证明我家人认为我死了。

上面有你的名字吗？

我的真名不是胡里奥。

从那所大理石宅子主卧室的凸窗向外望去，我们能够越过花园和那匹巨大的青铜马，看到在夜晚灯光中闪烁的海湾。自从我们那天出去玩之后，每当我向外眺望，我都知道那碧波之下生活着一位圣母。

因为我从未经历过寒冷天气，所以我喜欢关上门窗，打开空调，直到房间里变得冰冷。我被冻得牙齿直打战，它们彼此撞击，仿佛就要撞碎了。我以前从未体验过那种寒冷。我爱它，我甚至爱上牙齿被撞疼的感觉。

这屋子冷得跟北极似的！胡里奥说。

他从不叫我关掉空调。

我会把自己能够从宅子里找到的所有毯子都抱来，将它们堆在床上。我以前从未在一个寒冷的屋子里盖着一堆毯子睡过觉。

这是因为你是在丛林里长大的，胡里奥说，我在靠近沙漠的地方长大，那里有时候会变得非常冷。

夜里，在我们位于阿卡普尔科的冰屋里，胡里奥跟我讲述他的人生哲学。

人生疯狂而混乱，内外颠倒，既有苦咸也有甘甜，在这里，已经淹死的人可以在陆地上行走，他说，就像那些逍遥法外、罪大恶极的人，我知道自己年纪轻轻就会死掉，我根本不考虑自己老了以后的事情，它从来不会出现在我的想象中。

你把我驯服了，我一边回答，一边从枕头上抓起他的一只手，让它像手铐一样紧扣我的手腕。

胡里奥认为人可以分成白昼型和黑夜型两种。他说词语也可以这么分类。根据他的观点，丑陋的黑夜型词汇包括狂犬病和晕船之类的词；美丽的黑夜型词汇包括月亮、牛奶和飞蛾之类的词。

当胡里奥和我在那些毯子下动来动去的时候，周围迸发出静电的火花，照亮我们的床铺。

我们以前从未见过这样的火花，除了在天空中。

我们在电光闪耀的羊毛毯下做爱。

16

我妈的电话总是为我带来山上的新闻。在埃斯特法尼的妈妈奥古斯塔死于艾滋病后，她和姐妹们就再没有从墨西哥城回来。埃斯特法尼的祖母索菲娅原本在派墨斯加油站旁经营那家OXXO便利店，她已经收拾东西离开家，去照料她那几个已经成为孤儿的孙女。

我妈告诉我说，葆拉和她妈妈真的失踪了。再没人听到有关她们的任何消息。

我还知道玛丽亚的枪伤已经痊愈，她和她妈妈仍然生活在我们山里。

我觉得很痛苦，我妈说。

哦，妈妈。求你别跟我这么说。

我感觉心里很不好过。

这意味着她想念我了，但她绝不会说出口来。

有时候，胡里奥和我早上会到外面的花园里去，在那里待上一整天。

他会把我抱到那匹青铜马上，让我骑着它。

17

待在那所空荡荡的大理石宅子里，七个月不知不觉就过去了。

有一天，我妈打来电话。她很生气。她说她给我打电话打了好几天。

你为什么不接电话？她问。真该死，我拨了一次又一次！这么说你已经把我忘了？你是不是这样的？

我在这里。

如果我今天再打不通，我打算直接到阿卡普尔科去。

求你了，冷静一下吧。干吗这么夸张呢？我们一个星期之前刚通过电话。

出事了。这里从没有出过事，现在出事了，她说。

你说什么？

听着。

我在听，妈妈。

你能听到我说话吗？

是的，我能听得清清楚楚。

迈克被逮捕了。他已经被带到墨西哥城。

为什么去墨西哥城？

他们说他杀了一个男人。他们说他杀了个小女孩！

什么？

迈克说当时你跟他在一起。你们在一辆公共汽车上。

我想起来了。太阳底下，几件小女孩的衣服放在龙舌兰叶子上晒着。地上有海鸥的羽毛。

我无法咽下嘴里的唾液，它停留在我嘴里，越来越多，最后我不得不把它吐到自己手里。

迈克说你跟他在一起。你们在一辆公共汽车上。

我一只手握着电话，另一只手捧着我的唾液。

你需要立刻到这里来，她说，他们需要你到墨西哥城去作证。迈克说你可以洗清他的罪名。得赶快，把真相告诉他们！他说你知道发生了什么。

我在那辆小车里做了个梦。我梦见自己跟玛丽亚在一起，我这个亲爱的妹妹跟我爸长得一模一样。在梦中，我叫她妹妹，小妹妹。那个梦告诉我，她是我最爱的人。我以前都不知道自己这么爱她，甚至当我把她那条被打断的血淋淋的胳膊抱在怀里时也不知道。妹妹这个词将我从梦中惊醒，就仿佛我被一声爆竹或子弹穿过空气的声音惊醒。那个词啪的一下将我惊醒。一些白色的海鸥在那所小屋、那两条罗威纳犬和那个瘦骨嶙峋的男人上空飞翔。也许那些鸟儿是云，也许那些云是鸟儿。一个穿白衣服的小女孩从地上捡起几片羽毛。迈克的红玫瑰文身让车里弥漫着玫瑰花的香味。当他让我代他保管海洛因时，我对他唯唯诺诺。我唯唯诺诺地把那一袋跟砖块差不多大的海洛因放进我那个拉锁已经坏掉的黑包里。我唯唯诺诺。

我听不到你的声音了，妈妈。我会给你打过去的。

我挂掉电话。

我不需要打点行李乘坐公共汽车到墨西哥城去。我没必要踏上那条鼎鼎有名且顶顶破烂的柏油路，那上面点缀着散落的垃圾：被弄丢的手套、用过的安全套和旧烟盒。

我没必要踏上那条公路，我外祖母曾经扛着一罐牛奶想要穿越它。我没必要踏上那条公路，它一直是一条由鲜血、奶与机油混合在一起汇成的河流。

我没必要踏上那条公路，从我出生以来，至少有二十个人在那上面死于非命，外加无数狗、绵羊、山羊、马、鸡、鬣蜥和蛇。

我没必要踏上那条公路，那上面洒落着玛丽亚中枪后滴落的鲜血。

不。

我没跟胡里奥或哈卡兰达说起我妈的电话。

我感觉自己体内仿佛一片嫩绿，就像那些无法在火上燃烧的嫩绿木头一样。我感觉自己太稚嫩，还无法踏入外面的世界。

我连一双像样的鞋子都没有。

三天后，有人敲响了大门。

当时胡里奥、哈卡兰达和我正在厨房里吃早餐。

以前从没有人敲这道门。门外那个人又敲了敲门，然后摁响门铃。那不是真正的门铃声，因为，不管在外面摁铃的是谁，他的手指摁着那个小小的塑料门铃按钮就不放。那声音如汽笛一般尖叫着穿透了整所房子。

胡里奥站起身来，离开房子，走进花园。哈卡兰达和我朝大门走去。那道门已经敞开。

门口站着三个警察。他们的脸上覆盖着羊毛滑雪面罩，手里握着冲锋枪。他们是冲着我来的。他们要搜查这所房子。

好的，进来吧，哈卡兰达说。

当警察搜查所有那些房间时，他们要我们跟着去。搜查到主卧时，他们打开了那间更衣室，我们以前从未踏进去一步。

我原以为那里面放着昂贵的正装、漂亮的上衣和针织衫以及镶嵌着亮片的缎子或天鹅绒晚礼服，其实那里是个巨大的储藏室。里面没有缎面高跟鞋和皮衣，而是装着几百支步枪、数千条子弹带、一些弹药桶、手榴弹和数十件堆放在一起的防弹衣。里面甚至还有几支枪裹着美国国旗，就像裹在襁褓里的婴儿。

胡里奥和我就在一场大屠杀的边上做爱。

走进我的小屋后，其中一名警察做的第一件事情就是掀开那张床垫。

我妈的话仿佛越过群山顺着公路直接传到我耳朵里：只有白痴才把东西藏到床垫下面！

警察拿起那块砖头似的海洛因以及葆拉的笔记本和照片，叫我收拾东西跟他们走。

胡里奥都没跟我们告别。在他意识到门口站着警察的那一刻，他就直接跳过花园栅栏逃跑了。我敢肯定他以为他们是来抓他的。他，以及他那些带着玫瑰和九重葛香味的亲吻，就这样永远消失了。他淹死在那条河里。

我们要朝老奶奶开枪吗？一个警察问。

我想知道她是否穿着防弹衣。另一个警察回答道，然后他就朝她开了枪。

哈卡兰达仰面倒在大理石上。

她的尸体躺在冰冷的大理石上。

鲜血从她的头部流出，流进她散落在白色大理石上的灰白头发里。她睁着眼睛，就像那些来自非洲的填充动物标本的玻璃眼珠一样，目光在凝视中凝固下来。

一个警察给我戴上手铐，把我推进一辆警车里。车子穿过清晨的街道，跟着路边的指示牌驶往机场。从车窗里面，我能够看到一条条肮脏的大街和一排排没有尽头的T恤衫商店，它们的金属卷帘门被锁得严严实实。

我看到一个钓鱼的人朝海滩走去，肩上扛着一根鱼竿，一只手拎着一只孩子用的红色小塑料桶。

我朝太平洋的方向望去，我知道那里有一尊圣母马利亚的雕像淹没在水中。

多明戈太太的钻戒仍然戴在我手上。我把那枚钻石朝着里面，朝着我的手掌心转了转，这样看起来我就好像只是戴着一枚普通的金戒指。

我知道会有一架军用直升机载着我飞往墨西哥城。我这桩刑事案件举足轻重，格雷罗州没法处理。多亏了电视，我以前见识过所有这一切。我很清楚接下来会发生什么。

我知道我会被直接送进女子监狱，因为我是个证人，是个杀人犯的帮凶，他杀掉的那个小女孩是一个墨西哥大毒枭的女儿。这是一桩轰动全国的刑事案件。

如果不是因为我在那所大理石宅子里不再看电视，我会知道这桩残酷谋杀小女孩的案子震惊了整个世界。我会知道一名来自乡村的老师声称是秃鹫们带他来到那座小屋。他告诉一名记者说，小屋上空有二十多只秃鹫，它们看起来就像一团由羽毛构成的乌云，飘浮在空中。

在直升机上，我背靠飞行员坐着。只有一个警察走上飞机，坐在我正前方。我不得不在座位上向前倾斜着身体，因为我的双手仍然铐在我背后。

在直升机起飞并爬升到阿卡普尔科港口上方后，它掉头朝墨西哥城飞去。我望着窗外，俯瞰着下方的丛林。随着直升机越飞越高，我感觉自己穿着塑料人字拖的脚开始发凉。

在我面前的两个座椅间放着两只密封的金属罐。它们上面贴着一个表示有毒物质的骷髅和交叉骨头的标签。我认出罐体上那几个巨大的黑字：百草枯。

18

当直升机飞到墨西哥城上空时，我都懒得看一眼窗外。我一直以为自己会参观城里的那些公园、博物馆以及著名的查普尔特佩克动物园和城堡，不过现在我知道这一切都不会发生了。

坐在我对面的警卫依然戴着羊毛滑雪面罩。汗水从他的头上滴到他脖子上和衬衣前面。他大汗淋漓，甚至他那只握着冲锋枪的手也在汗水中闪着微光。他的眼睛透过羊毛面罩上那两个孔，注视着我的眼睛。

你们都是些愚蠢的女孩，他说。

我把目光从他身上挪开，望着窗外的波波卡特佩特火山以及从火山口里喷出的长长烟柱。

他来来回回地摇着头。

所有你们这些愚蠢的婊子都只在乎金钱。

我的双手被铐在我背后，我能够摸到自己手掌中那枚钻石。

很久以前，我妈就曾教我在面对男人侵害时怎样保护自己。她说要用食指去抠那个男人的眼睛，就那样把眼珠子挖出来，就像把蛤肉从贝壳里挖出来一样。她没教我在手被铐起来之后该怎么办。

我从来都不想要女儿，他说。

他掏出一块口香糖，透过面罩上那个洞塞进嘴里。当他嚼口香糖时，他的嘴在羊毛面罩下移动，在那个小圆洞下移动。

如果我有个女儿，他说，我会吐口唾沫，自认倒霉。

19

来到墨西哥城，在我正式登记并被送进监狱之前，我被带到机场的一间屋子里向媒体展示。

他们要我站在一张长桌子后面，桌上摆着好几十支步枪、手枪和一些弹药。这是警察在阿卡普尔科那所房子里找到的武器。记者们吵吵嚷嚷地向我提问，电视摄像机拍下了我的脸。

是谁杀了她，是你还是迈克？

你为什么要那样冲着她的脸开枪？

为什么？你为什么要杀死一个无辜的小女孩？

在那所小屋里发生了什么事情？

你是迈克的女朋友吗？

记者们吵吵嚷嚷地向我提问，而我则低下头，下巴紧贴着我的胸脯，目光向下，望着我的胸膛，这样他们就无法拍到我的脸了。可是接着我想起什么来。于是我抬起头。

如果我抬头向上看，让他们拍到我，那么我的目光就会穿透摄像机。在两秒钟之内，我这张面孔的影像就会注入我爸买的白色盘状卫星电视天线。在两秒钟之内，我的面孔就会直接注入电视屏幕，直接注入我们在山上那个两居室的家。我知道，如果我抬头看着摄像机，我就会看见我妈坐在电视机前，手里握着一瓶啤酒，膝盖上横放着一把黄色塑料苍蝇拍。我注视着摄像机，凝视着我妈的眼睛，而她也正注视着我。

III

20

墨西哥城南边的圣玛塔监狱是世界上最大的美容厅。这座建筑的房间和走廊里都弥漫着染发剂、发胶和指甲油刺鼻的柠檬味。

这股气味带我回到玛丽亚缝合兔唇的那个日子。正是在那一天，一大群秃鹫在我家上空盘旋。也正是在那一天，我妈因阿卡普尔科那个算命的女人而愤怒，因为她根本没算到我妈将不得不埋葬一具死尸。

那个算命的女人有没有告诉我妈说她的女儿会进监狱?

在给我做登记的那间监狱办公室里，墙上挂着一块黑板。潦草的白粉笔记录着里面关押的外国人和孩子们。这座监狱里有七十七个孩子，他们全都不到六岁。里面关押的囚犯有三个来自哥伦比亚，三个来自荷兰，六个来自委内瑞拉，三个来自法国，一个来自危地马拉，一个来自英国，两个来自哥斯达黎加，一个来自阿根廷，一个来自美国。

在给我做过登记、拍过照片并取了我的指纹之后，他们发给我一条干净的米色长运动裤和一件米色运动衫，让我把它们换上。这些衣服被磨得那么薄，我都能看见自己在织物下面的皮肤。在我之前，有多少女人曾经把自己的胳膊伸进这双袖子里呢？

这座监狱是由一些米色和海军蓝色的方块构成的棋盘。关押在米色牢房里的女人在等待审判，而关押在蓝色牢房里的女人已经判刑。在监狱中，我得知每个人都会渴望黄色或绿色，就仿佛这些颜色会变成食物。

没人给我一双真正的鞋子或运动鞋。

我穿着自己那双红色塑料人字拖走过监狱，脚趾之间还残留着阿卡普尔科海滩上的少许沙子。

一名女狱警推着我穿过迷宫似的八边形走廊，朝我的牢房走去。那些水泥墙上没有窗户，只有一些长长的矩形开口，就像被刀子划开的裂缝，全都冲着那个主要的院子，几个穿着海军蓝囚服的女人正在里面踢球。

在这座建筑的另一侧，也就是那个院子的对面，是男监区。它离这里很近，近得都能听到从高墙后传来的尖叫和喊叫声。男女囚犯都可以从某些地点互相挥手。

我的牢房里有一张双层床。当你被控杀死本国最大毒枭之一的女儿时，你会享受一些特殊待遇。与你分享同一间牢房的囚犯将只有一个。大多数囚犯都不得不和至少三个人同住一间牢房，每张床上挤两个人。我被安排去跟一个外国人住一间牢房，因为这样一来，外面要找人杀我就更困难一些。我知道这个。杀死那个小女孩的人不会有机会活下去，至少不会活很久。

跟我同住一间牢房的女人也穿着米色囚服，她的个子那么小，她那条运动裤的裤腿都被卷起来，堆在她的脚脖子上，这样她就不会被裤腿绊倒。她的头发在脑袋后面梳成一条长长的黑色发辫，当她朝我扭过头来时，我能够看到她的左袖子空荡荡地悬挂在她左肩上，就像一面旗子在没风的时候那样耷拉着。

自从我在阿卡普尔科那所宅子里被警察抓到监狱来之后，我就无法听到我妈的声音了。这段寂静的时间差不多有四十八小时。我听见我的血液在体内奔涌，那是阿卡普尔科那片大海的声音。

当我看着那个体型如孩童的小个子女人时，我妈的声音重新回到我身边。她说的话穿过丛林，从那些菠萝树和椰子树的上空飞过，飞越马德雷山脉，飞过波波卡特佩特火山，进入墨西哥城所在的山谷，穿过那些没有树木的街道，直接钻进我心里。

你的胳膊到底是咋啦？我仿佛听见她在问。

咔嚓，咔嚓，咔嚓，那个女人回答道。

有那么一会儿，我断定这个女人说的每件事都是这个砰砰砰、那个哗哗哗以及哐哐哐、嘎嘎嘎、啷啷啷。

我仿佛又听见我妈在说话。就在我脑子里，她说，唉，唉，唉，瞧瞧谁在这儿！这不就是拟声词小姐本尊嘛！

拟声词小姐名叫卢娜，来自危地马拉。她伸出自己唯一的手，她的右手，用食指向上指指上铺，告诉我说上铺是给我睡的。她的真指甲上贴着长长的方形树脂假指甲，每个指甲都画着斑马似的黑白条纹。

本来上面住的是一个来自萨尔瓦多的女人，不过她昨天离开了，我希望床铺还算干净，卢娜说。

我敢肯定它还好。

在这里没有什么是好的。那个女人就会念叨上帝。她一整天都在念叨着上帝，就仿佛这个词是她的心跳声。

一个穿着蓝衣服的女人冒出来，站在门槛上。她的身形如此庞大，一下子挡住了从走廊上照进来的大部分光线。她留着黑色短发，长长的指甲画成黄色。她已经被判刑了。如果你穿蓝衣服，你就没指望了。如果你穿米色衣服，你还有希望。

这么说是你把那个小婴孩杀死的，她说，就是你。

我摇摇头。

摸着地板。

我犹豫片刻，她又重复一遍，摸着地板！

我蹲下来，用手指摸着地板。

你在监狱里，她说，每次有人被送到这里来，我都让她们摸地板，这样她们就知道自己到底在什么地方了，现在你得决定自己该面对现实还是自欺欺人！

那个女人把身体挪到一旁，刚才被她挡住的光线一下子照进整个牢房。她身上有股鲜血和墨水的气味，闻起来让人感觉她是红色和黑色的。当她离开时，我仍然蹲在地上，手摸地板。

维奥莱塔，那是维奥莱塔。她杀死了两个，不对，是三个，不对，四个，不对，是很多人。砰砰砰砰，不过是用一把刀子杀的，切切切切，戳戳戳戳。

她杀了多少人？

很多。她给每个人文身，她热爱监狱，因为这里有那么多皮肤。

从那道狭长开口照进牢房里来的阳光冷森森的。

我以前都不知道阳光会是冷森森的。

卢娜解释说，这里没有地方存放任何东西，不过我可以把自己的东西放到她底铺下面的一个地方。

我没有什么东西。

到时候你就会有的。

不。他们抓错人了。

是你把她杀了吗？是你，对吧？

我望着卢娜的黑眼睛。

她是个来自危地马拉的玛雅印第安人，身材矮小，有暗棕色的皮肤，一头直直的黑发。而我是个来自墨西哥格雷罗州的西班牙和阿兹特克混血儿，中等身材，有暗棕色的皮肤，一头卷发，这证明我也拥有部分非洲奴隶的血统。我们俩就像这片大陆历史书的两页。你可以把我们撕下来，揉成团，扔进垃圾桶里。

你有什么看法？我问。

什么？

你以为我杀了那女孩？

当然没有，她回答，这里的人说那女孩是被一把AK–47步枪杀死的。你都不知道怎么用那种枪。

我妈的声音又在我体内回响起来。我仿佛听见她说，这个危地马拉印第安人倒也蛮可爱的。

卢娜说我可以借她的任何东西，只有牙刷除外。

虽然现在才到中午，我还是爬到床上躺了下来。监狱里那股美容厅似的气味全集中到在这上面来了。它闻起来就像是把洗甲水跟柠檬味的发胶混合了起来。没有粉刷过的混凝土天花板距离我的脸只有一英尺。如果翻个身侧躺着，我的肩膀和臀部都会蹭到那些粗糙的水泥。

在监狱里，每个人都会怀念什么东西，卢娜说。

我蜷缩着身子，试着忘记自己很冷。我没有毯子，如果我需要毯子或枕头，我得花钱去买。监狱里的一切都得花钱去买。

墙上有用黑墨水乱画乱写的涂鸦，恰好跟我的眼睛齐平，恰好跟数百名在我之前躺在上铺的女人的眼睛齐平。大多数涂鸦画的都是她们情人的心脏，中间写着他们的姓名首字母。同样被刻在水泥上的还有“人猿泰山”这个词。

我闭上眼睛，我仿佛能听见我妈说，这么说你得蹲监狱，而且还跟一个来自危地马拉的独臂印第安女人住一个牢房！

我还知道，虽然我们为自己是墨西哥最愤怒、最刻薄的人而自豪，但我妈仍然会哭个不停，因为她的女儿在监狱里。那些苍蝇会痛饮她的眼泪。

想起我家的房子，我知道那个毒贩的蓝色塑料哮喘呼吸器仍然躺在那棵木瓜树下的青草里。我知道它会在那里躺上几百年。

在那天剩余的白昼时光以及整个夜晚，我都在睡觉。曙光和陌生的车流声将我惊醒。这是我第一次起床时没有听到鸟叫。外面在下雨，它让这些水泥墙壁和地板看起来像用冰块砌成的。

夜里，卢娜给我盖上一张毯子和两条毛巾。这些小小的善意举动让我感动莫名。我绝不会相信，一个在入室抢劫中射杀一名孩子的人，一个杀掉十二名老太太并抢走其结婚戒指的人，或者一个杀掉两任丈夫的人，能够借给我一件针织衫，给我一块小甜饼，或者握住我的手。

卢娜还把我的双脚放进一个塑料购物袋里，这样它们夜里就不会着凉。

胡里奥曾经说，人生疯狂混乱，在这里，淹死的人也能在陆地上行走。

现在我知道他是对的。我只用一天就琢磨出来了，蹲监狱就像把一件衣服里外反着穿，就像穿一件扣错扣子的针织衫，或者把两只鞋子左右穿反。我的皮肤仿佛在我体内，而我的所有血管和骨头却露在了外面。我想，我最好别撞上什么人。

21

我被绑在一列火车上，从墨西哥南部开往美墨边境的移民列车，是用一根蓝色的塑料晾衣绳绑的，卢娜说。

我仿佛能看到她的血液流过她的血管，顺着她的左臂往下流，到那截小小的残肢就停止了流动，她那只胳膊只剩这么点了，就像一根树枝，被一把钝掉的锯子锯得参差不齐。

我知道卢娜在说些什么，因为胡里奥曾告诉我，在墨西哥，有两条边境线将这个国家分割开来。水平的边境线位于美国和墨西哥之间，而那条垂直的边境线则从中美洲穿过墨西哥直抵美国。大多数人从中美洲乘坐火车前往美墨边境。那样费用会便宜很多。女人倾向于乘坐长途汽车，因为它更安全。跟其他所有人一样，胡里奥把那趟火车称为“野兽”。

你乘坐的是“野兽”？

我们把自己绑在火车上，因为你会在途中睡着，卢娜解释说，你根本忍不住。想象一下，在那么快的速度中睡着会怎样。我把自己绑在火车外面的一根栏杆上。等我睡着后我就滑了下去掉到铁路上接着火车将我的胳膊碾断于是我失去一条胳膊还差点死掉。

她一口气就讲完了，中间都没停下来喘口气。

卢娜说她喜欢蹲监狱，因为她可以在自己需要时随时撒尿。

当火车停上几分钟而男的都下车去时，你就别想下去撒尿了，因为当你蹲在铁路边上时，他们会望着你，嘲笑你，或者强暴你。所有的女人，我们全都憋着。这很难受。你不想喝水，可是如果你不喝水，唉，你知道的，你就会死。

你独自一人离开危地马拉的吗？

火车碾断了我的胳膊，我差点死了，而他们仍然想把我驱逐出境。当我说自己是墨西哥人时，移民警察不相信我。他们告诉我，如果我是墨西哥人，就唱墨西哥国歌来听听。

你会唱墨西哥国歌吗?

卢娜摇摇头。

这让我想起我同葆拉和玛丽亚坐在一棵木瓜树下温习国歌歌词的那天。葆拉和我轻轻松松就把它学会了，就仿佛它是些没有意义的声音，但玛丽亚对每一个词语都非常较真。那句话到底是什么意思？她说，为什么我们要唱墨西哥人响应战争召唤？为什么地球的心脏也要颤抖?

我没有杀那个女孩。我永远下不了那个手。当时我在车里，被锁在一辆小汽车里。

卢娜打开一卷厕纸递给我擤鼻涕。

我没哭，我说。

不，你在哭。

没有，我没哭。

卢娜解释说，虽然我把我妈的电话号码告诉了给我登记的监狱管理人员，他们也确实应该通知我妈，但他们很可能根本就不会给她打电话。

他们办事很慢，很慢，如果你没有钱，在这里办任何事情都很慢。有钱能使鬼推磨，有钱就有速度。

我能够感觉到自己手掌里那颗多明戈太太的钻石，被我紧握在拳头里。

你必须找人借部电话，卢娜说，你得给你母亲或什么人打电话。你还有其他亲人吗？

不，没有其他亲人了。

你结婚了吗？卢娜看着我手指上的金指环问。

没有。

乔治娅会让你打个电话的。只有她愿意免费把电话借给你。

这里的每个人都知道我是因为杀死那个女孩才蹲监狱的吗？

是的。

有人会杀掉我，对吗？

卢娜没有回答。她转身离开了牢房。

我想，如果迈克还活着，他也会死掉的。

在这间小牢房里，那张双层床占据了大部分空间。而卢娜床上的空间就像个洞穴，里面的墙上钉着一些钉子，上面挂着至少十只她从针织衫、宽松衬衣和长袖T恤上剪下来的衣袖。它们全都是米色的，看起来墙上就像挂满了蛇。

仅仅过了几分钟，卢娜就回到牢房，当我看着挂在墙上的那些袖子时，她就站在我旁边。

我都不去想自己那只胳膊，她说，我也没有让它在我生活中占据一个特殊的位置。我把这些衣袖剪下来是因为我打算给自己的胳膊做个祭坛。

这主意不错。

你有没有让自己的胳膊在你生活中占据一个特殊的位置？

不，不，没有。

听着。紧贴着我。别独自一个人到处走动。

你相信我吗，卢娜？

是的，也许吧，也许我相信你。也许。

有人敲了一下门。一个女人穿着海军蓝的运动裤站在那里。她背着一个气体罐，手里拿着一根细长的金属软管。

不，不，卢娜说。她站起来，举起自己唯一的胳膊。

你想让自己床上长臭虫和跳蚤吗？那个女人用耳语般的声音问。

那只老旧的铝制熏蒸气罐带有凹痕，接缝处锈迹斑斑，喷口周围沾着些黏糊糊的东西，暗黄色的，就像黏液一般。

废话，卢娜说，我们出去吧，她要给屋子熏蒸消毒。奥罗拉，去做你该做的工作吧。

奥罗拉就像千足虫或者那些藏在岩石下的蠕虫一样苍白。那些虫子从未晒过太阳，所以是白色的。小时候，我经常在地里的一块块石头之间探索，或者将它们踢翻，搜寻那些白色或透明的昆虫。奥罗拉淡棕色的头发稀稀拉拉，两只耳朵支棱着从头发里伸了出来。

这位是蕾蒂戴，卢娜说。

我知道，奥罗拉说话的声音就仿佛她牙缝漏气似的。你们是出去呢还是待里面？自己决定吧。

她把双唇抿得紧紧的，以免熏蒸的烟雾钻进嘴里。她那十个指头的指尖都是深黄色的。

你们有阿司匹林吗？奥罗拉问。

卢娜没有回答，我跟着她走出屋子。在我们身后，我们听到杀虫剂被喷到牢房里时发出的嘶嘶声。

话说谁想床上长跳蚤和臭虫呢？卢娜说，你看起来干干净净的，不过还是消消毒最好。我们得有好一阵子不能进去了，那种臭味很难消散，会让你头痛个好几天。你现在肯定饿坏了吧，我们去弄点吃的。

雨已经停了，但天空依旧阴云密布。

我跟着卢娜顺着迷宫似的走廊走去，它们看起来全都是一样的。透过混凝土墙壁上那些没有玻璃的狭长窗户，可以看到男监。那些男人的脸贴在窗户上，朝我们所在的方向张望。时不时地，他们中有一个会把双手拢在嘴上呈杯状，冲我们叫喊着什么，或者举起一件白色T恤衫，朝着我们疯狂地挥舞。就仿佛男监是一座荒岛，上面有几百个遭遇船难的水手，而女监是一艘从附近经过的船只。过了一个短短的上午，我就明白了，这些男人会整天不停地这么做，如果哪个女人挥手回应，那他们之间从此以后就算永远建立起恋爱关系了。

而且，不同于院子对面的男监，我们的世界里到处都是被血浸透的棉花和破布，装满一个个垃圾箱。在这个女人的世界里，鲜血暴露在垃圾中，在没有冲过的马桶里，在床单被罩上，在水槽一角浸泡着的脏内裤上。我不知道每天会有多少血水流出这个地方，穿过墨西哥城的地下污水系统。我知道自己就站在一个血水湖泊上。

卢娜带着我来到一个摆着长桌和长凳的大房间里。囚犯围坐在桌子周围，忙着做各种不同的事情。有些在吃东西，有些在织毛衣，有些女人在给自己的婴孩喂母乳。两个四五岁大的男孩蹲在地上，玩一串小火车，那是用毛线将装麦片的小盒子穿在一起做的。一张长桌上摆着几十个装指甲油和洗甲水的瓶子。至少有二十个犯人坐在桌子周围抹指甲油。

房间的墙壁上画着一幅壁画，边上有一块条幅，写着：心灵的壁画。我后来得知，这件作品是囚犯们在几年内画成的，由墨西哥著名女性的肖像组成。我望着她们的脸，读着那些名字：索尔·胡安娜、艾玛·戈多伊、埃莱娜·加罗、弗里达·卡罗和约瑟法·奥尔蒂斯·多明戈斯。[1]

这时已经过了供应早餐的时间，于是卢娜就从一名囚犯那里给我们俩分别买了一个三明治。在监狱里，每个人都做点小生意，所有的东西都有自己的价格，包括厕纸和卫生巾。

卢娜说她没有收入，但能够从一个居住在墨西哥的危地马拉家庭那里获得帮助，他们属于一个福音派组织，试

[1] 前三位 Sor Juana、Emma Godoy、Elena Garro 是墨西哥著名作家，第四位 Frida Kahlo 是著名艺术家，最后一位 Josefa Ortiz de Domínguez 则是 19 世纪墨西哥独立战争中的关键性人物。

图劝说囚犯皈依。

他们全都想让我们接受他们的信仰，卢娜说，摩门教信徒、福音派信徒、浸礼派信徒、卫理公会派信徒、天主教信徒，所有教派，传教士们礼拜天来监狱，有时也会在其他日子来这里，你会看到的，这座监狱里什么神灵都有。

卢娜建议我们出去，到院子里去吃我们的三明治。

我们能够在那里弄到咖啡，顺便看看足球赛，然后看能不能跟乔治娅聊聊，她有手机，卢娜说。

在院子的一侧，有二十来个女人在踢足球。其他囚犯坐在周围的长凳上。抬起头来，我能够看到一堆挤在一起的面孔。几十个女人透过窗户向外窥视。当我抬头朝对面看去时，我能够看到男监，那些男犯的脸也在朝着窗户外张望。在这里，望着窗外是一种活动，是一种生活方式。

那些男人，卢娜指着男监说，他们在找老婆，你有丈夫吗？

没有。

如果你结婚了，他可以来看你。他们会给你们一个带床的房间，里面什么都有。

不。我没有结婚。

那个监狱里的男人没一个想跟我结婚，卢娜说，都是因为我的胳膊，我真的不想要男人，我想要孩子，我想要个人来爱。

即使他们会从你身边带走孩子。

在监狱里，女囚只能把自己的孩子养到六岁。

至少那也是六年的爱，卢娜说，然后你可以再生一个。你想要孩子吗?

是的。

那是乔治娅，卢娜指着一个正在踢球的女人说。

乔治娅是个又高又苗条的女人，看起来有三十岁。她金发碧眼，在监狱院子里，她在所有这些黝黑的皮肤和黑色的头发中显得很突出。她看起来就像摆在桌上的一块黄油那么醒目。

她来自英国，卢娜说，英国大使馆会派个女人来看她，给她送钱，她家里也给她寄钱。

她怎么会在这里？她犯了什么事?

她原本是来墨西哥参加一场时装秀的，卢娜说，她从事时尚行业，她有很多鞋子。

鞋子?

是的，满满两大行李箱都是，全是松糕鞋，你知道的，那种鞋有松糕似的厚鞋底。

是的。

那些松糕鞋鞋底里装满海洛因。

海洛因！海洛因！你肯定是在开玩笑吧！哪个傻瓜会带海洛因来墨西哥呀？

人人都那么说。

我想起我家房子周围那些小山和山谷里漫山遍野的红色和白色罂粟花。我想起我们山里那些小镇，例如三十公里镇或伊登镇。这些小镇位于通往阿卡普尔科的老公路沿线，不是在那条将我们的生活撕成两片的新公路边。这是些非请莫入的小镇。如果你不小心闯入那里，没人会问你叫什么名字或几点钟了，他们只会杀掉你。迈克曾经告诉我说，那些镇上有一些庞大的庄园，地下修建着令人难以置信的实验室，专门将罂粟加工成海洛因。他说几年前三十公里镇上出现了神迹，圣母马利亚的像在一块大理石上显现出来。

大客车在经过那条公路时总是有人护送。他们害怕有人拦路抢劫。正是在那条公路沿线，桥梁上会挂着被砍掉脑袋的尸体。正是在那条公路上，客车司机言之凿凿地声称他们夜里会看到幽灵。他们见过一个小丑面孔的幽灵，还见过两个小女孩手挽手顺着公路边上行走的幢幢鬼影。

在那条公路上，没人会停下来购买罗望子糖果、活海龟，或者在干燥空气中扭曲蠕动的五条腿的海星。

伊登镇上住着一个美国女孩。现在那已经是个老故事了，迈克告诉我。现在谁还去那里呢？

他说，把她带到那里去的是墨西哥的大毒枭之一，她只有十四岁左右。她是那个人的第三任妻子，喜欢照顾所有人的宝宝。她不爱说话，迈克说，她喜欢烤蛋糕。

在我心里，那个年轻的美国女孩已经成为传奇。我想象她顺着我们的公路行走，喝我们的水，站在我们的太阳底下。

迈克告诉我，有一年圣诞节，为了讨那个美国女孩的欢心，大毒枭弄来一些人造雪花，用成堆的白色粉末覆盖了整个镇子。他还下令搭建一棵巨大的圣诞树，用几十棵松树做成，是从墨西哥城附近一个松树林场运过去的。毒枭把那棵高高的树竖立在中心广场中央，在上面挂满圣诞装饰品。

但那还不是最不可思议的事情，迈克说，最不可思议的是，他还弄了些驯鹿到镇上来。他用一架自己的私人飞机将它们从塔毛利帕斯的一个牧场运来的。

你亲眼看到的？我问。

当然了。想象一下吧，他把格雷罗的一片土地变成了北极。

如今，身陷混凝土牢狱，远离大海、海鸟和我妈，我在想，迈克到底是怎么知道所有这一切的呢？

我真想扇他一个耳光。

我听着他讲故事，但从未认真听过。现在我明白他为何知道所有这些信息了，明白自己为何蹲监狱并被指控杀死一个毒枭和那个毒枭的女儿了，明白自己为何拥有一包价值一百五十万美元的海洛因了。

迈克，你在哪里？

我想，我要为你祈祷，迈克。我祈祷你还记得我。我是你右手手掌里那条深深的手纹，从小手指一直延伸到大拇指。那条在你忘记洗手时填满污泥的生命线。

我在心里与迈克说话，但我的眼睛却在观看二十四个女人踢足球。其中一个女人胳膊上文着“小豌豆”[1]。另一个女人的右腿外侧文着瓜达卢佩圣母的全身像。

她们每天都踢足球，卢娜说，即使下雨，她们也会比赛。那三支足球队是彩虹队、自由队和巴塞罗那队。

那些女人奔跑着，叫着对方的名字。从这里，我能够看到维奥莱塔，她嘴里叼着一支点燃的香烟。她跑来跑去，从未停止吞云吐雾。当她移动时，冒着烟的烟嘴就在她嘴里竖立着。当她在混战中抢球时，她会把头往后一甩，这个姿势让我想起鸟儿喝水的样子。她这样做是为了避免自己燃烧的烟头烧到别人。她的手指甲特别长，昨天上面抹着黄色的指甲油，今天涂成了绿色。我坐的地方离她只有几英尺远，从这里看，她那些长长的指甲就像从她手指尖上长出来的鹦鹉羽毛。

维奥莱塔是队长，卢娜说。

在我们看球赛时，奥罗拉已经给我们的屋子消完毒，鬼鬼祟祟地朝我们走来，背上仍然背着那只气罐。她在我们身边坐下。

[1] 墨西哥球星哈维尔·埃尔南德斯的绰号。

现在你们可以回屋了，奥罗拉说。

她身上的气味让我扭动了一下身体。在外面白昼的光线下，我注意到她发黄的手指尖了，我意识到她的皮肤和她的眼白也像患有黄疸病一般发黄。

不，我们暂时不想进去，卢娜说。

你们有阿司匹林吗？奥罗拉问。

别跟我说你又把自己的阿司匹林吃光了，你的胃跟个无底洞似的！

我头痛。

奥罗拉躺了下来。她蜷缩着身体，侧卧在冰冷潮湿的水泥地上。在这个阴云密布的上午，这里仿佛是地球上最冷的地方。我想摸她，抚摩她的头，就仿佛她是大街上的流浪狗。然而，就像对待流浪狗一样，我又害怕碰她，因为她可能会把什么病传染给我。当她在我旁边躺下时，我甚至觉得自己能够看到她脑袋侧面的疥癣，就在她卷须般的头发下面。

如果我妈在，她会说：她该被车子撞死！

足球赛结束了，卢娜叫乔治娅过来。乔治娅慢慢踱着步子，维奥莱塔跟在她后面，嘴里仍然叼着烟吞云吐雾。

来到我们旁边后，维奥莱塔在我面前蹲下来，这样我们就可以面对面地看着对方。她把手搁在膝盖上，于是那些指甲就朝前面伸了出来。靠近了看，她的指甲不再让我联想起羽毛。恰恰相反，它们就像丛林里那些成群结队地在我家房子上空盘旋的老鹰或秃鹫的爪子。看起来，维奥莱塔的指甲仿佛能够抓起一只野兔或老鼠并把它带走。那些指甲仿佛能够撕开皮肉，仿佛能把一个人的脸撕成碎片。

那么这位就是蕾蒂戴？乔治娅说。她看着我。她的蓝眼睛和我的黑眼睛四目相对。我知道她在想什么：那么，这就是那个皮肤黝黑、相貌丑陋的家伙喽，她居然拥有我们那位美貌王妃的名字！

我想跟她说我很抱歉，但我从未对任何人说过我很抱歉。

我想起家里所有的戴安娜夫人洋娃娃。直到今天，我爸从美国带给我的那些戴安娜夫人洋娃娃仍然放在我房间里，放在它们原来的纸盒子与塑料盒子内，这样丛林里的霉菌就不会损坏它们了。我有个戴安娜王妃洋娃娃穿着婚纱，有个穿着她会见克林顿总统时的衣服，还有个身着骑装。我爸甚至送给我一套塑料珠宝，是仿照戴安娜王妃的珍珠项链做的。我一直戴着它们，直到它们坏掉。那些白色的塑料珍珠就放在厨房的一个杯子里。

我感觉自己就像假币，像阿卡普尔科市场上的山寨名牌服装，像中国制造的瓜达卢佩圣母像。我看着乔治娅，感觉自己仿佛变成了廉价的塑料。我妈把她能够找到的最有名的假名字给了我。我怎么向这个英国女人解释我妈给我起这个名字是出于报复而非崇拜呢？我怎么向她解释我这个名字是为了报复我爸的出轨呢？

靠近了看，乔治娅的肤色如此苍白，我都能看见她皮肤下面的蓝色血管。她的脸上覆盖着雀斑，甚至嘴唇上和眼皮上也有。她的眼睫毛和眉毛淡得近乎无色，因此她的眼睛仿佛没有眼眶，看起来就像两颗天蓝色的珠子镶嵌在她的面颊上。

听说你想借我的电话，她说。

是的，求你了。

这次我不打算收你的钱，因为我们俩都是英国人，对吧？还有啊，毕竟你是王妃。

维奥莱塔和卢娜都笑了起来。奥罗拉似乎根本没听到。她仍然像一条黄白色的千足虫那样蜷缩在我旁边。每次她呼吸的时候，我都能闻到她身上喷出一小股一小股的杀虫剂味。

乔治娅把手伸到她的运动衫下，从衣服下面取出一部藏在一条缝合线里的电话。电话上贴着吉百利巧克力棒的包装纸。她把电话递给我，我能够看到她手上也覆盖着雀斑。

祝你好运，王妃，她说。

然后她行了个屈膝礼。

乔治娅招人喜欢，因为她是个外国人，而且有钱。但没人不嘲笑她那愚蠢的犯罪行为。监狱里的每个人都拿她取乐，在她生日和圣诞节时送她鞋子。总是有人逗她，对她大叫说：嗨，金发妞，你干吗不也带些玉米卷或鳄梨调味酱来墨西哥呢?

我们中那些杀过人的就不同了。我们获得的并不是真正的尊重，倒更像是对一条患有狂犬病的狗的敬畏。人们绕着我们走。在这里，没人想要杀人犯做饭或处理食物。囚犯们很迷信，不愿吃杀人犯碰过的食品。

乔治娅和维奥莱塔转身走开了。奥罗拉在我旁边的地上动弹了一下。

我又饿又渴，奥罗拉说，谁有口香糖吗？

奥罗拉就像玛丽亚。玛丽亚过去就常常认为口香糖是水和食品的替代物。突然出人意料地想起玛丽亚，我不禁想用双手盖住我的眼睛，让自己从监狱里消失，消失在手掌的黝黑皮肤里面。最后一次看到玛丽亚，我同父异母的妹妹，我那个受到兔唇诅咒的可爱朋友，还是在阿卡普尔科诊所，当时她胳膊上有一颗子弹，他们用小车推着她进入急救室的小房间。

我们最好回到牢房里，这样你就能打电话了，卢娜说。你不想在打电话时被当场抓住吧，在其他任何地方，他们都会抓住你。

我们站起身来，朝监狱大楼走去。奥罗拉留在后面，继续蜷缩着侧卧在水泥地上。

乔治娅拿每个人逗乐，卢娜说，别介意她的玩笑。她倒是没取笑过我的胳膊，她总是把什么东西扔给我，大叫着让我接住。有时她就管我叫“捕手”，那是我的绰号。

当我们走进那个蓝色与米色相间的棋盘世界时，我的眼睛渴望看到绿色的植物、黄色和红色的鹦鹉、蓝色的大海和天空。水泥单调的颜色让我同时感到闷热与寒冷。因此，当我坐在自己那间仍然散发出杀虫剂气味的牢房里时，我不单是给我妈打电话，我还在给叶子、棕榈树、红蚂蚁、翡翠绿的蜥蜴、黄黑相间的菠萝、粉红色的杜鹃花以及柠檬树打电话。我闭上眼睛祈祷，希望自己得到一杯水。

卢娜在我身旁坐下。她凑得那么近，我都能在她那只胳膊以前所在的地方感觉到她的肋骨。她的脸上充满期待和希望。

哦，让我们祈祷有人接电话吧，她说。

卢娜紧紧挨着我，我感觉她都想溜到我的人字拖上，钻进我破旧的囚服里，钻进我的皮肤里面，就仿佛是她在给她自己的母亲打电话。

我妈当然整日整夜地站在那块林间空地上。她把手机高高地举在空中，直到她感觉从手指直到腰部的肌肉都因为疲劳而酸痛或被阳光灼痛。我知道她一直站在那里来回踱步。那里没有别人。除她以外，所有人都离开了山里，她独自站在那里，思索我们的世界是如何崩溃瓦解的。葆拉被抢走了，然后她和她妈妈永远离开了故乡。露丝被抢走了。奥古斯塔因为艾滋病而去世，埃斯特法尼和她的祖母以及妹妹们生活在墨西哥城。我不知道玛丽亚和她妈妈在哪里，但我知道她们也将离开我们那片天地。在迈克犯事之后，她们肯定得找个藏身之处。在格雷罗州，没人对是否有人打算找你麻烦感到怀疑，你知道他们**肯定**会找到你，所以你就别恋恋不舍了。

我妈是我们山里最后一个大活人。她独自站在那里，与蚂蚁、蝎子和秃鹫在一起。

电话铃声响了，她接了电话。

谢天谢地，我这辈子一直都是盗贼，蕾蒂戴！

这是她说的头一句话。

谢天谢地，我这辈子一直都是盗贼，蕾蒂戴！

这是她说的第二句话。

我打算卖掉一切。谢天谢地，我这辈子一直都是小偷，现在我可以把偷来的东西全部卖掉了。蕾蒂戴，听我说。我有五条金项链，几对耳环和六个银茶匙，埋在房后的一个牛奶罐里。没人会想到去那里找东西！那是不是特别棒？告诉我，你在哪里？我甜蜜可爱的宝贝。我会在两天后到那里去。再见。

我妈挂掉了电话。她甚至都没等我告诉她我在什么地方。

那么，她要来吗？卢娜问。

是的。两天后就来。

我妈绝不会为我来这里，卢娜说，她在危地马拉，她都不知道我在这里。她都不知道自己的小女儿失去一只胳膊。当然她也不关心。

她不关心你的胳膊？

你不了解她。

你是她的女儿。

如果她看到我，她会问我把胳膊放到哪儿去了，就仿佛我把一件针织衫或一顶帽子落在了后面，需要回去拿它。她可不想我留着一只胳膊待在她身边。她会说我没法在地里干活，说没有男人想要照顾我。

她必须理解。

我妈会说，你能扛什么东西吗？

哦，真的吗？

我从未埋葬我的胳膊，卢娜说，人会把自己身体的一部分埋掉吗？

我不知道。

我不知道。我不知道我的胳膊在哪里，它被怎么处理了。

你为什么要离开危地马拉？

因为我想赚美元。我厌恶自己在危地马拉的生活，卢娜说。

那里很糟吗？

我丈夫每天都打我。不，他不是打我。他抽我耳光。那才是他做的事情。啪，啪，啪。整天都抽我。我的脸成了他手的一部分。

于是你就一个人来了？

是的，卢娜回答说，我想怎么着也比那种日子好吧，可是我错了。

是的，你错了。

各种各样的人都想去北方。你都想象不到人们带着什么东西越过边境去美国。我看见过一堆堆干掉的黄貂鱼，看起来就像一块块黑色的皮革。我见过一个个装满兰花的盒子。警察用X光扫描那些卡车和公共汽车。X光会发现移民白色的骨骼。他们看见人的骨头像得了软骨病似的弯曲着，他们找到一些美洲狮和鹰，还看见鸟的骨骼。有个男人把两只巨嘴鸟的雏鸟藏在夹克口袋里。

是的，我说，在阿卡普尔科，人们会偷海龟蛋。

卢娜说我们得赶紧把手机还给乔治娅。如果我们不快点还回去，她就再也不会借给我们了。她在计算时间。

我们离开牢房，回到囚犯们聚集的那个大房间。那时已经接近黄昏，有些囚犯在上课学东西。监狱提供剪贴画、绘画、计算机以及读写课程。

在房间里，所有其他囚犯都在做头发。两个女人坐在一面小镜子前，把假睫毛粘到自己的上眼皮上。

乔治娅跟维奥莱塔坐在桌旁。我把那部藏在巧克力棒包装纸里的手机递给她，对她说了声谢谢。

别客气，王妃，她说，你是我的王妃，所以你可以随时使用它。

好的，谢谢你。

她就要把自己的出生证明弄到这里来了，对吧？乔治娅问卢娜，你告诉她没有？

告诉她了，卢娜说。

你多少岁了？

十六岁。

你知道自己没必要待在这里，对吗？根据法律，你还是个孩子呢，王妃。

我妈会把我的出生证明带来的。她知道。

你得在年满十八岁之前出去，否则你就永远出不去了。是这样的吧？

维奥莱塔点点头。我就碰到这种事了。我进来的时候十七岁，但我在十八岁时被判了三十年。

一定要在你十八岁之前出去！你什么时候过生日？

要到十一月才过呢。

这么说你还有大把的时间，乔治娅说，不过你得抓紧点，赶紧的！我告诉这些是因为你是我的王妃。

维奥莱塔咳嗽起来。她用双手撑着臀部，长长的指甲弯曲着伸向腹部。

如果你待在这里，你就得想象自己这辈子除了这里啥也没有了。除了监狱和里面的女人，什么都不存在了。如果你还想着别的东西，就没法活下去。维奥莱塔用烟鬼的沙哑声音说。

该死，你没必要告诉她那个！你想干吗，让她心碎吗？乔治娅说。

是的，是的。她需要一颗破碎的心，维奥莱塔说。

那天晚上，除了躺在牢房里跟卢娜聊天，我无事可做。有些女人屋子里有收音机，但卢娜什么都没有。这里连灯都没有，因为她没钱买灯泡装在天花板的支架上。她买的厕纸也是正方形的。

我躺在黑暗里，躺在卢娜上方的水泥双层床上，上面没有床垫。房间里仍然有熏蒸后留下的刺鼻气味。卢娜甜美的声音从下铺传来。

当我看着乔治娅时，我就想起我妈告诉过我的话，她说下太阳雨会让人长雀斑。

那会出彩虹。

是的，但也会长雀斑。

为什么维奥莱塔在这里？

她杀过很多人，但她在这里是因为她杀死了她父亲。她一点都不后悔。她会翻来覆去地告诉你这句话。她一点都不后悔。她很高兴来这里。她父亲杀死了她母亲。维奥莱塔是为她母亲报仇，人人都认为她做得对。

她在这里待很长时间了吗？

是的。她父亲从不拥抱她，但在她杀他时，在他快死的时候，他给了她一个拥抱。她说，因为他拥抱她，所以她必须杀掉他。

她似乎不喜欢我。

她爱乔治娅，甚至还做了一幅拼贴画当作礼物送给乔治娅。

卢娜解释说，有些囚犯喜欢上拼贴画课。教课的老师是个男的，一位艺术家，他已经在监狱里教了好几年。

我们从杂志上把图案剪下来，粘到硬纸板上，讲述我们的人生故事。你打算去吗？她问。

是的，当然。

当你做拼贴画时，你能够真正地欣赏自己。

我能够听到卢娜在我下面的床上咽了口唾沫，翻了个身。

那么奥罗拉呢？我问，她为什么在这里？

奥罗拉。奥罗拉。奥罗拉。卢娜就像叹息一样说出她的名字。

她为什么在这里？

奥罗拉把老鼠药放进咖啡里了。

22

第二天早上，我睁开眼睛看到的第一样东西是刻在墙上的“人猿泰山”几个字。就仿佛有人给墙壁文了身，提醒我身在何处。这里没有鸟儿，没有植物，没有熟过头的水果香气。

卢娜已经起床，我听见她走动的声音。她听起来就像下铺的一只松鼠。我能听见她翻弄那些塑料袋，倾倒或抓挠它们的声音。

该死，有人把它偷走了，她说，该死，该死。

我都懒得问她丢了什么东西。我默默地躺着。我听到大厅里传来婴儿的哭声，想起管理处办公室那块黑板上的名单。这座监狱里有七十七个孩子，早上他们会制造出大量的噪音。

昨天，当我们在监狱里转悠时，卢娜带我经过两个小房间，那里是孩子们的学校。他们可以跟自己的妈妈一起在监狱里待到六岁。那些女人是在丈夫来探监时怀孕的，监狱允许这种做法。有些人怀孕是因为她们受刑事法庭和特种法庭的警卫雇佣成为妓女。她们会在卫生间里接客。

在监狱那所临时学校的墙壁上钉着一棵树的海报。如果你在监狱里出生、长大，就没机会看到树。那里还有贴在一块板子上的抽认卡，上面有公共汽车、花朵和街道的图案。那里还有月亮的抽认卡。

该死，卢娜又在我下面说道，你是不是把我的口红偷走了?

我说，看在耶稣的分上，卢娜，谁会要你那支沾满狱花口水的狱花口红啊?

我下面的窸窸窣窣声停止了。

她不知道刚才是我妈借我的嘴说出了那句话。

我从上铺爬了下去，坐在卢娜的床铺边缘，望着她化妆。

化完妆后，她将自己的胭脂和睫毛膏放进一个三明治塑料袋里，塞到床底下。然后她转过身，用手捧着我的脸，看着我。

你很快就能见到你妈妈，着手办理出狱手续。你要挺过这些日子，蕾蒂戴。可别现在就倒下并刮伤自己的膝盖，她说。

你为什么会在这里？你还没告诉我呢。你会很快出去吗？

来上拼贴画课吧。这很有趣的。我们全都去。

都有谁？

嗯，有奥罗拉、乔治娅和维奥莱塔，当然还有其他一些人。蕾蒂戴，我们走吧。

我把脚滑进自己的人字拖里，跟着她顺着走廊走去。

塑料工作台上摆着成堆的杂志、一块块纸板、幼儿园小剪刀和一管管的胶水。

那位老师向我做了自我介绍，让我翻翻那些杂志，从上面剪下一些图画，然后用它们拼出我想讲述的故事来。老师叫罗玛先生。他在监狱里教这门课已经好几年。很多囚犯喜欢上他的课，部分原因是她们能够用拼贴画讲述自己的生活，部分原因是她们对罗玛先生着迷。他是一位画家，手上沾着星星点点的白色油画颜料。他有一头长长的淡棕色卷发，梳成马尾辫。他大约五十岁。

当罗玛先生带我来到一张工作台前，为我拉出一张凳子时，另外几个女人走进屋来，坐在别的工作台旁。她们全都穿着蓝色囚服。有些跟老师握握手，另外一些亲了亲他的面颊。

卢娜朝一个橱子走去，里面的架子上堆着几张纸板。她取出自己的拼贴画，用牙齿叼着那张纸板，拿起一把剪刀和一筒胶水，然后在我旁边坐下。她设法用一只手和门牙将自己的所有材料组织起来。

当一名囚犯穿过房间朝没有阳光的院子走去时，课堂上突然安静下来。我以前没见过她，但我知道她被囚禁在这里。在墨西哥，她是个家喻户晓的名人。有四五个囚犯围着她，把她保护起来。她卷曲的黑发向上梳起，看起来就像个王冠。她个子很高，穿着海军蓝的囚服，但我看得出来那是天鹅绒质地的，就像毛茸茸的蜘蛛一样闪着微光。她的手腕上戴着金手镯，每根指头上都戴着一枚金戒指，甚至大拇指上也有。这个囚犯就是洛德斯·里瓦斯，绰号叫“护士”。她是墨西哥一个高层政客的老婆，从她管理二十多年的红十字会窃取了数百万美元。

当她从屋里走过时，课堂上的所有人都扭过头去看着她。

我记得在新闻里听说过她的事情。有人计算说，因为她的盗窃，墨西哥少买了数千辆救护车，少建了数百个诊所。她的房子位于加州圣地亚哥，一部有关墨西哥腐败的电视纪录片拍过那所房子。我妈和我看过，我们还在那部片子里见过她卫生间里那些黄金水池。

我们望着她同那一小群女囚一起走过去，她们是她雇来保护自己的。人人都对她恨之入骨，人人都想杀她。墨西哥有多少人因为救护车未能出现而被延误了救治时机，似乎每个墨西哥人都能讲出一个这样的故事来。

在桌子上，卢娜的拼贴画就放在我那张空荡荡的纸板旁边。

卢娜从《时尚》《人物》《国家地理》和肥皂剧杂志上剪下几十张胳膊的图片，将它们贴满自己的纸板。在这幅由胳膊组成的马赛克图案的中央，是两个包着纸尿布的婴儿，长着蓝色的大眼睛，看起来像是从婴儿奶粉广告上剪下来的。在这两个小女婴微微凹陷的胸膛上，卢娜贴上了几片红色的、剪成水滴形状的纸，它们正从婴儿的身体落到一摊剪出的液滴里。那就像剪出的情人小红心。

你杀了那两个孩子吗？我问。我想盖住自己的嘴，收回刚刚说出口的话，但已经太迟了。话已经说出口，飘浮在我们俩之间的空气中，卢娜将它们吞了下去。

是的，我杀掉了她们。就那么噗、噗、噗几下。小孩子的肉很软，刀子一下子就扎进去了，就跟切蛋糕似的。

她说话的样子就仿佛她在向我介绍一份食谱。

她们是你的孩子吗？

哦，是的，当然，卢娜回答，全都是我的，我的两个小丫头。

为什么呀？

她们总是饿，卢娜说，她们总是想去公园里荡秋千玩，可我没时间带她们去，家里的女孩已经够多了，我们真的不想再要女孩了。

囚犯们开始陆陆续续地来到屋里上课。房间里的其他地方还有上针织课和电脑课的人。

乔治娅和维奥莱塔出现了，坐在我旁边的空凳子上。乔治娅穿着一件干干净净的崭新蓝色针织衫。她还穿着新的网球鞋和蓬松、厚实的白色短袜，袜子在她的脚脖子上反折过来，盖住了运动鞋的顶部。她把一个装着巧克力的红色大盒子放在桌上，将它打开。

早上好，王妃，乔治娅说，吃点英国巧克力吧。

那些巧克力看起来就像棕色的弹珠。我拿起一颗，让它在我嘴里慢慢融化。我的牙齿和舌头都覆盖上一层乳脂状的牛奶可可粉。

乔治娅喜欢上拼贴画课程是因为那些时尚杂志。它们让她想起自己曾属于伦敦时尚圈，那是她和“修鞋匠”——维奥莱塔喜欢这么叫乔治娅的男朋友——给那几十个楔形和松糕形鞋跟装满海洛因之前。

维奥莱塔对这门课非常认真。她小心翼翼地把自己的胶水和剪刀排列好。她不得不用拇指的指腹挪动东西和收拾自己的空间，因为她不想弄断那些长长的指甲。在她开始之前，她点燃一支香烟，看着自己的拼贴画，弄清要花多少时间吸完一整支烟。到上完课时，她已经一支接一支地吸完至少三十支烟。

她用自己沙哑的声音向我讲述她的作品，讲述她的人生。

这里，她指着拼贴画的最右边说，是我人生的开端，看到没，你瞧，那会儿我很幸福。

在纸板上的这个区域，维奥莱塔粘着几张玫瑰的照片和两只正在玩毛线球的黄白色猫咪。

然后我妈和我爸开始打架，维奥莱塔指着那上面一张布拉德·皮特的照片说，她用那来表示她爸爸。

别漏掉他过去怎么打她那部分，乔治娅说。

他过去经常狠狠地打她，维奥莱塔指着一个老太太的照片说，那是从蛋糕预拌粉广告上剪下来的。他们打了好多好多年。

现在说到悲伤的部分了，乔治娅说，把你的纸巾拿出来。

然后我碰到一个男人，一个坏男人，维奥莱塔说。她指着那张从万宝路广告上剪下来的骑马男子说，他给我毒品。

在拼贴画上那个万宝路男人和一团剪贴的火——看起来像煤气爆炸的图——之间，维奥莱塔粘贴了几张注射器和药瓶的图片。在这些药品图案的下面，她用字母拼出“妓女”这个词。

那就是从前的我，她说。

在那个词后面，粘贴着她从剃须膏和洗发香波广告上剪下的几十个男人的脸。在这些陌生的男人面孔中，我能够辨认出贝利的脸。

如果你顺着我拼贴画的顺序继续看，维奥莱塔解释说，你就能清楚地看出来我是在大火之后杀死我爸爸的。

干得好！乔治娅说，目光没有离开她那本《嘉人》杂志。

你认识那个人吗？我指着那张脸，那是贝利的照片，他是历史上最伟大的足球运动员。

你确定吗？

当然，我很确定。

乔治娅从自己的杂志上抬起头瞥了一眼，又低头仔细看着这幅拼贴画。是的，那就是他，她表示赞同，那就是贝利。

哦，好了，卢娜从她坐的地方说道。她在那块纸板上继续创作，上面贴满她失去的胳膊和死掉的孩子。

另外找一张该死的脸把他贴上就行了。谁他妈在乎呢？乔治娅说。

就在这时，奥罗拉来到课堂上，就像一只偷偷溜进来在你腿边蹭来蹭去的流浪猫。她滑到维奥莱塔旁边的凳子上，双臂交叠，搁在桌上，又把脑袋靠在手臂上。

罗玛先生站在我们的桌子旁，把手揣进口袋里，看着维奥莱塔的拼贴画。差不多已经做完了，对吧？他说。

就差一部分。

哦，差哪部分？

你知道我很诚实，老师。你知道我是个少年犯。

当维奥莱塔说自己是个少年犯时，所有人都停下手里的工作，抬起头看她。乔治娅放下杂志。卢娜从自己的拼贴画上抬起头，她正往上面抹胶水。奥罗拉没有动，但睁开了眼睛，直直地望着维奥莱塔。

你知道我是个少年犯，维奥莱塔重复道，等我从这里出去，我只有一个目标，我只用一样东西款待我自己。我想从头到脚把你吃掉。我想让你躺在我的床上，躺在我的怀里，让我闻闻你身上浓浓的诱人气味，或者，换句话说，我想跟你做爱。

我们的目光从维奥莱塔身上转移到罗玛先生身上，看他会说些什么。

好的，维奥莱塔，他说。

我是认真的。我会按你家门铃的。

我知道。

我猜类似的话他已经听过几百遍了。

罗玛先生，你闻起来很有男人味，是个真正的男人。

虽然卢娜把一块空白纸板放在我面前的工作台上，我却没法制作拼贴画。我无法拿起一把钝剪刀。光是看着它们，就让我感觉自己恍如回到幼儿园。

于是我就翻看起一本《国家地理》来。我随意地翻来翻去，找到一篇有关海牛的文章。文中有四幅海牛给幼崽哺乳的图片。当这些海洋动物用鳍搂着自己的宝宝时，它们似乎在微笑。

我用不着通过拼贴画讲述自己的生活，乔治娅说，我知道，当我待在这里时，那个该死的公猫正待在一个酒馆里，不知道跟谁一起听阿黛尔的歌，很可能是他老婆，我知道他正在大嚼一个牛肉派。

维奥莱塔朝乔治娅转过身去说，你就成天想着那个修鞋匠吧，早晚会把自己逼疯的。

也许他现在连孩子都有了。已经过去三年了，我给他写了那么多信，他从来不回，连一封信都不回。你对此有什么看法呢，王妃？她直接向我发问。

蕾蒂戴能知道什么？维奥莱塔说，你干吗问她？

他是我的爱，如果我要做拼贴画，我只需把所有那些寄给他又被退还的信贴上就行，乔治娅说，那幅拼贴画就叫“退还寄信人”。

所有人都沉默了一分钟。

维奥莱塔握住乔治娅的一只手。

奥罗拉也在她旁边动弹一下，伸出自己的双臂。

别伤心，奥罗拉说。

也就在这时，我看到了奥罗拉胳膊的内侧，它平放在摆满剪刀、胶水和杂志的桌子上，就像一块苍白得近乎纯白的浮木。她的皮肤被磨损得如此厉害，我都能清清楚楚地看到那些蓝色的血管，就仿佛它们是在她的皮肤外面而非里面。

有一些符号不需要文字也能让人明白它的意思，例如十字、卐、字母Z，或者老鼠药瓶子标签上的骷髅和交叉的骨头。

奥罗拉左臂内侧的符号是一个圆圈，中间有个小圆点，是用燃烧的烟头烫上的。圆圈，就像衣料上的圆点花纹，粉红色的圆圈。

看着那个符号，我仿佛看见葆拉坐在一棵树下，就坐在地上，全身爬满昆虫。葆拉伸出胳膊，在我面前展开，给我看她胳膊内侧皮肤上那些圆圆的烟头印儿。

有个人，一个女人，一个女人在很久很久以前决定这么做，现在我们全都仿效她，葆拉解释说。如果有人在什么地方发现我们死了，那么大家都知道我们是被抢走的。这是我们的记号。左臂内侧的烟头印儿是个信号。

我伸手越过工作台，穿过那一瓶瓶的胶水、一支支画笔和那一小堆杂志，抓起奥罗拉的胳膊。我抓住她的手腕，用力扭着它，这样我就能把她被烫的烟头印儿看得更清楚。她的胳膊就是一幅地图。

奥罗拉抬起她发黄的眼睛，注视着我的眼睛。她的表情如此悲伤，我忽然想起她从没有露出微笑。她脸上的皮肤从没有露出喜悦的褶皱。

她用那如哮喘一般透不过气来的声音，用她被熏蒸烟雾损坏而沙哑的声音，问我，你真的是蕾蒂戴？你是葆拉的朋友？

她小心翼翼地说出那些词语，就仿佛她不想让那些词语从她的牙缝里钻出来。

正是这个苍白如千足虫的人讲出了我的人生故事。

奥罗拉带着喘气声的嗓音如微风般降落到我们身上，当她开口说话时，桌旁的所有人都在仔细倾听。

在监狱的娱乐室里，在拼贴画工作台旁，卢娜、乔治娅和维奥莱塔听说了葆拉、埃斯特法尼和玛丽亚。我的人生突然变成一根叉骨，而奥罗拉将那两根分叉连接起来。她就是那个关节。

在那座混凝土监狱里，卢娜、乔治娅和维奥莱塔看见了我的山，听到墨西哥最美丽的女孩怎样在那里出生。她们听说了玛丽亚的兔唇手术、露丝的发廊和她后来的失踪。当奥罗拉告诉她们，露丝是被丢到垃圾堆里的弃婴时，这群对什么罪恶都见惯不惊的女罪犯也大吃一惊。

我的天！卢娜大叫道，谁会让自己的宝宝孤零零地死在一个垃圾堆上呢。

奥罗拉讲述了我们过去把脸涂黑又把头发剪掉好让自己变丑，讲述我们一听到毒贩车辆靠近的声音就藏进地洞。奥罗拉描述了我们偶然碰到一片罂粟田的那天和那架被击落的军用直升机。透过喘息声和吞咽声，她还讲述了葆拉被百草枯浇透以及我们怎样用马桶里的水将她洗干净的那天。奥罗拉告诉她们，迈克有一条拴在绳子上的宠物鬣蜥，跟着他到处走，直到他妈妈用它做成鬣蜥汤。

那样可不好，乔治娅说。

鬣蜥汤是壮阳药，奥罗拉说。

他妈的迈克是谁？维奥莱塔问。

他是玛丽亚的哥哥，奥罗拉解释说。

如果我是你妈，乔治娅对我说，我会在露丝失踪后立刻离开山里，你妈在等啥呢？

不，维奥莱塔说，换了是我，会在你爸去美国并在那边另建家庭后就离开。他这是羞辱你，是挖坑把你埋掉。我敢肯定你有一堆说英语的兄弟姐妹生活在纽约。

奥罗拉说，不不不，蕾蒂戴的妈妈永远不会离开那座山，因为她仍抱有幻想，希望蕾蒂戴的爸爸回家，那是她的希望所在，她担心，如果自己离开家，他就再也找不到她们了。

我看着奥罗拉，以为自己正注视着一面镜子。她比我更了解我的生活。

还有，让我再告诉你们一件事情，奥罗拉说，玛丽亚是蕾蒂戴同父异母的妹妹。

哦，求你了！维奥莱塔说，别告诉我那个！维奥莱塔扔下她那支短短的塑料胶水刷，从凳子上跳了起来。她长长的黄色指甲像大胡蜂一样从空中掠过。哦，不不不不！你别跟我说你爸睡过玛丽亚的妈妈！

乔治娅将手里的杂志摔到工作台上。真是个王八蛋！

你可怜的妈妈，卢娜说，她应该杀掉他，换作是我就会杀掉他。

乔治娅从桌子上伸过手来拍拍卢娜。我们知道的，卢娜，乔治娅说，你不用告诉我们，杀人是你解决一切事情的方法。

蕾蒂戴的妈妈永远不会那么做。那就跟杀掉弗兰克·辛纳屈差不多。

葆拉把我们家的故事讲得完完整整。

奥罗拉喘了口气，发出呼哧呼哧的声音。说了这么多话，她筋疲力尽，几乎没力气支撑身体了。她趴在桌子上，用头枕着胳膊，虚弱的脉搏在她纤细的手腕上和太阳穴上颤动。

是维奥莱塔阻止奥罗拉继续讲下去。她说，这就够了，奥罗拉，你明天再把故事讲完吧。

维奥莱塔把胶水刷放在一个装着水的广口瓶里。她站起来，用爪子般的手抓起熏蒸气罐的带子，甩到肩膀上。然后，她用牙齿叼着点燃的烟卷，把奥罗拉揽进怀里，就像抱着个新娘或婴儿似的把她抱走了。维奥莱塔就像一只用爪子抓着兔子的猛禽。那个气体罐和奥罗拉的身体如此靠近维奥莱塔燃着的烟卷，我不知道它们会不会燃烧起来。

你知道维奥莱塔是怎样杀死她爸爸的吗，王妃？乔治娅问我。

我摇摇头。

你没告诉她啊，“捕手”？乔治娅说。

她没问。

在监狱里，王妃，如果你不问，就没人会说。

也许她不想知道，卢娜说，并不是每个人都想知道。

哦，算了吧！人人都想知道谋杀案！她把手里的杂志放在桌子中间那堆东西上。该往苏格兰打电话了，说着，她就顺着维奥莱塔抱着奥罗拉刚刚走过的那条走廊离开了。

乔治娅每天晚上都给她住在爱丁堡的父亲打电话。她是她父亲唯一的孩子。乔治娅从小就没见过她母亲。她妈抛弃了这个家庭，跟一个情人私奔了。乔治娅的父亲把大部分钱都花在女儿身上，在监狱购买她需要的一切。他甚至抵押了他们家那所小房子，雇用律师，试图将乔治娅引渡回英国去。乔治娅发誓说她不知道那些鞋子里装满海洛因，但没人相信她的话。

那个背叛者呢？卢娜说。

你认为他真的存在吗？我问。

当然存在了。是的，我信奉一条黄金定律。我宁信女人也不信男人。

监狱里的每个人都痛恨乔治娅的男朋友。

他最好别在这所监狱露面，卢娜说。

事实上，在监狱里只有一个男人受到崇拜，那就是乔治娅的父亲。他已经成为传奇人物。除了乔治娅之外，这所监狱里没有一个女儿得到父亲的爱，一个都没有。每个囚犯都希望乔治娅的父亲攒钱来墨西哥探监。这些女人想见他，一直计划发起募集“带乔治娅的父亲来墨西哥”基金。维奥莱塔把他的名字文在自己胳膊上。那些字是蓝色的，顺着胳膊往下延伸，就像填字游戏里竖排的字母，那个名字是“汤姆”。

乔治娅有新衣服、新鞋子、新床单和卫浴物品，因为她父亲每周都给她寄包裹和钱。她的牢房充满英国的甜香。乔治娅跟每个人分享她的吉百利巧克力棒和装在一个个红色盒子里的麦丽素巧克力球。

当乔治娅离开去给她父亲打电话后，这个屋子里突然变得寒气逼人，我们听到打雷的声音。冷风从走廊和没有玻璃的窗户吹了进来。

罗玛先生把材料放进屋子后部一个矮矮的金属柜子里。卢娜站起来，把自己的拼贴画和其他硬纸板一起放在后面的一张桌子上。我把那些杂志堆成一堆。

老师跟卢娜说再见，当他跟我说再见时，他吻了吻我的脸蛋。欢迎来上课，他说，希望你还会再来。

他闻起来有股啤酒味。

我没用袖子擦掉他吻过的地方。

当卢娜和我慢慢走回我们的牢房时，那些湿漉漉的男性唾液在我脸上变干了。过了好几个小时，我都能感觉到脸上被吻过的地方，就仿佛他的吻在我身上留下了烙印。在女监里，得到一个男人的吻胜过任何生日礼物或圣诞礼物，胜过一束玫瑰，胜过洗个热水浴。我能够想象在这所监狱里关上好多年，为了每个上兴趣课的日子，为了那个男性之吻而活着。那个吻就像雨水、阳光和外面的甜美空气。是的，我知道自己坐在这里，把那些愚蠢的东西贴到硬纸板上都不过是为了再次得到那个吻。

那天夜里晚些时候，我躺在水泥双层床的上铺，卢娜在黑暗中跟我聊天。头一个晚上，我觉得她跟我说话只是出于好心，不过现在我意识到她不得不通过说话来填补那黑暗。她的闲聊让我觉得安慰，让我昏昏欲睡。

卢娜说，你能相信吗？要说出一切，我们只有二十六个字母可用，只能用二十六个字母表达爱、嫉妒、上帝。

我信。

你有没有意识到，白天的词汇和夜晚的词汇不同？卢娜问。

我知道。

在黑暗中，我能够听到大型卡车和公共汽车从监狱附近驶过的声音。外面的嘈杂声只有在清晨和深夜能听到。

既然你都在这里待两年了，为什么你还没有被判刑或引渡呢？我问。

王妃，那是因为我从没有给律师、危地马拉大使馆或我家里打电话。我想所有人都忘记我在这里了。

我敢肯定他们很想念你。

不。你或许会问这个世界怎么会把一个大活人给忘掉，但这种事情一直都在发生。

可是监狱里就没人感到怀疑吗?

他们以为我在为这事做准备。没人想象得到，我宁愿待在这里也不愿去别处，但这是事实。

你想待在这里?

有些人喜欢这里胜过外面，卢娜说，这是我待过的最好的地方，在我们村子，政府残杀每一个人。

在危地马拉?

仅仅两年时间，我就失去了大部分家人。当我四处走动时，心里战战兢兢，担心随时会有冷枪射穿我的身体。随时有冷枪。

当风刚开始在拼贴画课堂上刮起来时，还只是微风，现在它已经变成猛烈的冷空气，一阵阵地刮进这座建筑物里。

我以为跑到美国会好点。我听说过所有那些故事，卢娜说。

有人说那里反正糟不到哪儿去。

我听说有人渴得割开自己的胳膊喝自己的血。那是在沙漠里。在亚利桑那。我见过一个男人身上的伤口，他试图穿越沙漠，但被遣送回来。如果你运气好的话，边防警卫会像射杀一只狼那样朝你开枪。如果你被塞塔那样的贩毒集团绑架，那就跟死了差不多，那是一个特殊的地方，活死人待的地方，没有出生证明或墓碑，再没有比那更糟的了。当卢娜提到边防警卫时，我忍不住想起胡里奥。祈求上天让他回到我身边的祷告根本没用。

第一批豆大的雨点落到屋顶上，空气闻起来有股雨水混合着水泥的气味。

我爸在美国，我说。

想象一下，在你死之前看到的最后一样东西是一支朝你开火的枪。想象你进入天堂时，那是你在人世间看到的最后一幕景象。你觉得自己最后看到的东西重要吗？

我爸就在纽约，我说。

听我说，我才不想跟那些死人一起埋进坟墓里呢。我想火葬。你想吗？

我觉得冷。

是的，天很冷。

我需要赶快盖上毯子，要不然我会生病的。

你可以下来跟我一起睡，卢娜提议说，我不会介意的。

我坐起身子，从双层床的一侧摸索着爬了下去。卢娜为我掀开被单。

进来吧，她说。

我们蜷缩在一起，她的体温传入我的皮肤。

好啦，好啦，她一边说一边用胳膊搂着我。我感觉到她失去的那只胳膊如幽灵般环绕着我。卢娜用牙齿叼住被单顶部，把它拉到我下巴上面。

我见识过蝎子的仁慈。现在我也体会到一个杀人凶手的仁慈了。

23

奥罗拉的牢房有股熏蒸毒药的气味。它比我的牢房更大，因为里面有两张双层床，住着四个女人。它也带有马桶、水槽和一个小淋浴处，它们全都在牢房后部排成一排。

奥罗拉没有从监狱外获得帮助。她只能做别人不想干的工作，自从她在一年多以前被判刑以来，就一直负责熏蒸消毒。

屋里除了奥罗拉外没有别人。她躺在下铺，示意让我进去。

我坐在她的床边，而她躺在被单下。在她床上，靠墙堆着几十个塑料购物袋和两个熏蒸气罐及其软管。奥罗拉的目光跟随我的目光移动。

屋里没有储物空间，她说，我们全都不得不把自己的东西放在床上。

奥罗拉的塑料袋里装满囚犯们给她的衣服和其他物品。监狱里有一种迷信的说法：如果你带着自己的东西出狱，就会二进宫。奥罗拉就像个有敛物癖的人一样接受别人给的一切。

当你离开这里的时候，别忘记把你的东西给我，她说。

我什么东西都没有，我说。

哦，可是你会有的，会有的。

透过那透明的塑料，我能够看到一个袋子里面装着一堆梳子和勺子。

那天早些时候，卢娜就告诉我说没人愿意跟奥罗拉住一个屋，因为熏蒸气罐散发的难闻气味，也因为她把什么乱七八糟的东西都囤起来。卢娜说她的狱友会尽快离开那间屋子，到院子里或者大家聚集起来上课或吃饭的大房间去。这意味着奥罗拉白天独自待在牢房里。大部分时候她都在睡觉。

乔治娅把奥罗拉称为“睡美人”，卢娜说，她成天睡觉是因为她更喜欢做梦，不是因为她很疲倦。奥罗拉打开熏蒸气罐的喷嘴，闻里面的有毒气体，卢娜继续讲述道，她把那些烟雾深深地吸入体内，这使得她老是犯困。那是她的安眠药。

坐在奥罗拉的床边，那种气味浓烈刺鼻。臭气已经渗透她的床铺、财物、衣服和皮肤。没有任何昆虫会靠近她。

你有阿司匹林吗？奥罗拉问。

在那间乱七八糟、充满毒雾的牢房里，我得知奥罗拉是在麦卡伦的牧场上遇见葆拉的。

葆拉到达牧场那天恰逢麦卡伦为十五岁的女儿举行生日派对，奥罗拉说，我跟其他被抢的女人待在一个帐篷里。她们大多数都是在试图越过边境进入美国时被抓住的。所有那些男人都不断进进出出，挨个打量我们。我那时已经是她们中年纪较大的。这是我第三次被卖了。葆拉说她来自阿卡普尔科城外。她长得那么漂亮。

我点点头。是的，她很漂亮。

我想起我们那片愤怒的土地，它曾经拥有一个真正的村庄，但却被毒贩的罪恶世界和逃往美国的移民潮毁掉。我们那块愤怒的土地是一个破碎的星座，每个小家庭都已化为灰烬。

奥罗拉艰难地喘息着。她撑着胳膊肘坐起来，但仍然盖着毯子。我勉强挨坐在床沿上，因为她周围有那么多袋子和杂七杂八的东西。奥罗拉的床就像个垃圾堆，上面没有多余的空间。

蒂华纳一个大毒枭的儿子把我带走了，奥罗拉解释说，因为这个，我没住在麦卡伦的牧场上，但我们经常互相拜访，因为老是有派对。有时我会去马塔莫罗斯，要不然就是他们来蒂华纳。所以，虽然不是经常去看葆拉，但还是能见到她。我记得有一次到麦卡伦的牧场参加一次生日派对，她胳膊上文着“食人狂的宝贝”。我以前从没有见过那样的文身。当然，麦卡伦有个绰号就是“食人狂”。他们那么叫他是因为他总是开玩笑说他吃人，尤其是女人。

他真的吃人吗?

他会说这样的话，例如，你长得这么漂亮，我想吃掉你的胳膊。我会撒点盐在你身上，把你卷在一个玉米饼里。诸如此类的话。我们全都知道，当我们把自己交给这些男人时，就跟洗盘子或倒垃圾差不多。

不明白你的意思。

那就像当个尿壶。

奥罗拉咳嗽着，伸手抓起一个装满水的塑料瓶喝了一大口。喝完后，她把瓶子递给我。我不想喝，因为她看起来病恹恹的，但我还是抿了一小口。我知道自己喝的是她的唾沫。

葆拉的文身是个新玩意儿，奥罗拉继续说道，我很惊讶她居然做这样的文身，但可能她也别无选择。

是的，她是有那样的文身。还有一些烟头烫的印子。

那些男人喜欢到文身店去，他们老是去蒂华纳的一家。麦卡伦在背上文着死亡圣神，在胸膛上文着瓜达卢佩圣母。我后来再没见过葆拉，我们都没有道别。

她设法回家了。大家都没有料到。

有传言说她设法逃了出去。他们说，有天晚上她走出牧场，一直走，一直走，再没回来。我们还以为他把她杀掉了呢。谁知道呢。我们希望她没有试图越过边界去美国，因为那样的话她肯定会再次被抢走。

你是为啥进来的？当奥罗拉重新躺到床上时，我问道。她没有枕头，因此不得不平躺着。

我从厨房的水槽底下拿出老鼠药，把它放进咖啡里。

奥罗拉的眼睛总是那么苍白，它们让我想起阿卡普尔科海滩上那些死掉的淡蓝色的水母。

奥罗拉来自下加利福尼亚，在圣伊格纳西奥村长大。她父亲是个导游，用他的小船载着游客去观看加利福尼亚灰鲸。

瞧瞧这个，奥罗拉说。

她从那堆塑料袋底下抽出一块硬纸板。那是一幅描绘海滩的拼贴画，有一条露出水面的鲸鱼和几只海星，以及从杂志上剪下来贴到棕色纸板上的贝壳。

那些海星是我用黑纸剪的，她说，这个监狱的杂志里面居然连一只海星的照片都没有。

我喜欢它，我说，它很漂亮，让我想起阿卡普尔科外面的海滩，不过我从来没见过鲸鱼。

你得明白，我第一次被人抢走时才十二岁，奥罗拉继续说道，我只是一条小鱼，那种老是被扔回海里的鱼，因为它太小了，没法吃。他们就不应该把我抢走！我是村里唯一有浅色眼睛的女孩。

她的眼睛就像玻璃底游船上的玻璃。

牧场上都没有人敢相信。奥罗拉本来是所有女孩中最可爱最温顺的一个，谁也没想到她居然会那么做，但是我想得到。

我能够看透奥罗拉的眼睛，看透她那用淡棕色沙子和贝壳做的身体。

我杀死了五个男人。这事就那么特别！他们聚集到牧场上参加一次会议，最后在蒂华纳的一家医院里待了两天才死掉。当医生证明那些男人是被毒死的之后，警察就来把我抓走了。警察检测了那些咖啡杯，测出里面的毒药。我都用洗洁精翻来覆去地把它们洗过好多遍了！人人都知道，给那次耗子会议准备咖啡的人是我。人人都知道那些耗子的厨房水槽下面有耗子药。耗子就该被毒死，对吧？

奥罗拉在一个塑料购物袋里翻来翻去。她解开一个系着橡皮筋的袋子，里面装满扣子和一堆指甲锉刀。她从里面抽出一小沓旧报纸的剪报。

给，读读这个，如果你不相信我的话。它都上报纸了！

我读了报纸上那篇报道，然后把这份剪报还给她，她把它放回那堆杂物里。

她为自己杀死那些男人而自豪。对她来说这是正义之举。

我烧的水。我放的咖啡。我摆的杯子。

是的。

我把那些杯子和一碗糖放在一个小盘子里。我能够听到那些男人在餐室里聊天。我搅动壶里的咖啡渣。

是的。

奥罗拉停下来，想吸上一口气。她似乎只能把气吐出来。为了吸口气，她不单单是用肺，而是用整个身体，费劲儿地鼓起来，但她失败了。

你是怎么做的呢?

只需要一分钟，很容易的。我从水槽下面拿出那个瓶子，把耗子药倒进咖啡里。太容易了。就像给里面加上糖或者咖啡伴侣。

我伸手握住她的胳膊。她的皮肤表面摸起来很粗糙，就仿佛那上面覆盖着沙子。我在她眼睛里看到了大海的景色，看到了那些鲸鱼和海豚。

请再给我讲讲葆拉和麦卡伦吧，我说。

奥罗拉告诉我，麦卡伦不仅在整个墨西哥北部都有牧场，而且在格雷罗州也有生意和房产。

就在你们附近，奥罗拉说，别的女人告诉我说他在阿卡普尔科城外有座庄园，有年圣诞节把那里弄得跟北极似的，还用飞机运来了真正的驯鹿，不过我从来没见过那座庄园。

是的，我回答，我也听说过。

你知道吗？麦卡伦很爱他的马，他甚至把那匹马装进棺材埋到一个公墓里面，就仿佛它是个人。

不，这事我不知道。

他们说他希望死后把他放进自己的车里埋掉。

那些公墓里到处是装在自己车子里被埋掉的男人。这种事我倒是听说过。

我望着奥罗拉又从水瓶子里喝了一小口水。葆拉是怎么回去的呢？奥罗拉问，你看见她了吗？

奥罗拉把脑袋重新搁到床垫上。

她有没有跟你说起麦卡伦的牧场？奥罗拉问。

葆拉的妈妈用一个瓶子，一个奶瓶，给她喂吃的，甚至还给她喂婴儿食品，是嘉宝牌的，装在一个广口瓶里，我说。

奥罗拉听着我说话，打了个呵欠。她好几次闭上眼睛又睁开，然后就侧过身子，睡着了。

我看着她。睡着后，她不用费力地呼吸了。看着她平静的脸，我能够看出她曾经长得很美。她曾经美得值得毒贩一抢。如今她就像公路上一只营养不良的流浪狗。

我蜷缩在她床底下那堆塑料袋和熏蒸气罐中间，也睡着了。

入狱后我终于做了一次梦。我知道，是那些有毒的气体让我做梦。我梦见了胡里奥。我们肩并肩地躺在阿卡普尔科那所大理石宅子的草地上，侧身而卧，看着对方。我能够看到他的身体里面。在他的皮肉下，我看见了星星和月亮，我知道他是从太空中出生的。

奥罗拉在睡梦中咳嗽的声音将我惊醒。屋里的光线暗淡下来，我意识到自己在这里打了几小时盹儿。跟一个认识葆拉的人在一起，跟一个对我的生活有所了解的人在一起，似乎给了我几分安慰，让我能够入睡。奥罗拉将我带回了家。

我睁开眼睛，看见奥罗拉对面的床上有个人影。那是维奥莱塔。

我坐了起来。

她赤裸着身体，头发裹在一条毛巾里。我能够看到她毛巾下面和耳朵后面滴下的水珠。地板上有一条水印儿，从那个小淋浴间通往她的床铺。

在她的床上，靠墙放着很多填充动物玩具。我能够从那堆玩具里辨认出一只大熊猫、一只长颈鹿和至少四只泰迪熊，简直像个动物园。

她全身上下都是文身。在正对着我的那条胳膊的上臂侧面，我能够看到“汤姆”两个字。在同一条胳膊的手腕上，她文上了几条手链，看起来就像铁丝网。

她坐在那里，跷着二郎腿，面前的床上摊着另一条毛巾。毛巾上放着几个墨水瓶。我能够看到里面装着红色和绿色的墨水。那块布上还摆着几个注射器和一些长长的针。

维奥莱塔看着我。

早上好，她说。

现在仍然是早上吗？

嗨，你想不想文身？这里的每个人都有文身。我在这里做这个工作。我可以把你雕刻得漂漂亮亮。

维奥莱塔正说着话，奥罗拉动弹了一下，醒了过来。

不。暂时不想，不过谢谢你。如果我带着文身从这里出去，我妈会杀掉我的！

维奥莱塔，由她去吧，奥罗拉说。

有没有人告诉过你？王妃，出去后的头三天，人们为你哭泣，不多不少，过了三天之后，他们就忘记你的存在了，维奥莱塔说。

她把手伸过来，拧我上臂的皮肤。她用手指捏住我的皮肤然后转动，就仿佛转动锁眼里的一把钥匙。

住手！那样很痛！

为什么？她问道，然后松开我的胳膊，为什么好人总是觉得自己是对的？啊？

我说啥了？

在这里，我们可不是那种宽容忍让的人，她说。

卢娜出现在门口，手里捧着一件厚厚的米色针织衫。她捧着它朝我递过来。

我给你弄来这件衣服。这是你的。我们中有人今天出去，说可以把衣服给我。来，把它穿上。它会让你身上暖和点，卢娜说。

我毫不犹豫地接受了。监狱里那么冷，我觉得自己的身体都快变成湿漉漉的混凝土了。我坐起来，接过那件针织衫，从头上把它套在身上。它带着另一个女人的体味，就像在炉子上烹煮的米饭的气味。

让我睡会儿吧，奥罗拉说，求你们了。

维奥莱塔看了一眼卢娜，然后又把目光转向我。在这里我们每张床上睡两个人，一人睡一头，因为睡觉时嘴巴对着别人的脚强过对着她们臭烘烘的脸和监狱特有的口臭。

是的，卢娜说，我们知道。

你们俩在自己的床上睡去。这太不公平了！

住口，奥罗拉说，自己看看周围，这个世界什么时候公平过？

我们走，来吧，卢娜说。

文身会让你感觉舒服些，当我们离开时，维奥莱塔冲我大喊道，考虑一下吧，我收费很低。

当我同卢娜并排走回我们自己的牢房时，我以为今天差不多已经结束。我全身心地向往着星期日，探监的日子。只需再过一天，我就能见到我妈了。我想象她此刻正住在监狱附近一家廉价旅馆里。我能够感觉到。

那个维奥莱塔！她可真贪吃。当她吃鸡肉的时候，她会感觉到爱。当她吃牛肉的时候她会感觉到幸福。我见过她将一整个蛋糕吃掉。

她为什么要杀死那些男人呢？我问。

这不过是她贪吃的一种表现，卢娜说，我琢磨着，杀人就跟吃东西差不多。

我一边走一边跟卢娜讲自己做的梦。我告诉她，宇宙就在胡里奥的肚子里面。

你要感谢上帝把你的命运显示在你的梦里，感谢主赐予的警示，卢娜说，很久以前，我就向上帝发誓，我会留意他给我们的每一个启示。

你觉得那个梦是什么意思？我问。

意思非常明显。

你说说看。

它意味着你希望时光倒流。每个人都想回到过去，大家都一样。

我不这么想。我的梦不是这个意思。

那你说它是什么意思。

我觉得自己知道。等我弄明白后我会告诉你的。

那天晚上，当我爬到自己床上时，发现墙上贴着一张戴安娜王妃穿着黑色球衣、戴着冠状头饰的照片，是从一份杂志上撕下来并用透明胶带粘到墙上的。身在狱中，穿着破旧的米色运动裤，看到这位已经不在人世的王妃真正的可爱之处，我觉得自己又丑又脏。我从墙上撕下照片，把它揉成一团攥在手里。她那件球衣的黑色油墨印在了我的手指上。

24

第二天早上，卢娜和我来到外面的院子，坐在一缕长条状的阳光里。院子里差不多每个人都在寻找一缕阳光温暖自己的身体。男监投下的长长阴影使得这个露天庭院大部分地方都没有阳光。

到十一点，在靠着南墙的地方，一场足球赛开始了，这时院子里站满了一群群聊天的女人。我能够看见乔治娅的黄色头发跟在足球后面飞奔，而维奥莱塔则站在边线上观赛。卢娜从一个提着篮子兜售咖啡和甜面包的女人那里给我们俩分别买了一杯咖啡。

卢娜想看足球比赛，可是我不想看。于是我溜达到一条长椅旁坐下，而她走到院子的另一边，跟维奥莱塔站在一起。

我啜饮着这杯微热的咖啡，过了一会儿，就看见奥罗拉从监狱楼朝院子走来。她在室外的光线中半眯着眼睛，有些畏缩，仿佛那光线刺痛了她的眼睛。

我挥手叫她过来坐在我旁边。她踮着脚尖，慢慢挪动，就仿佛她是在慢动作中走路，或者在模仿走路的样子。她背着熏蒸气罐，就像背着个乌龟壳。

她挨着我坐下，光着脚。她那样走路是因为脚踩在冰冷的水泥上很不舒服。她在我身边坐下，我把剩下的咖啡递给她。

给你，你可以把它喝完，我说。

她苍白而干燥的手握着泡沫塑料杯，露出了胳膊内侧被烟头烫下的图案。在院子里的光线中，那些圆圆的伤疤看起来就像珍珠母色的月亮。

你的鞋子哪儿去了？

总有人偷我的东西。今天早上鞋子就不见了。

她的脚看起来僵硬、发青。我仍然穿着自己的塑料人字拖。如果我有鞋子穿了，要把拖鞋送给她吗？我知道自己很可能不会给。入狱才几天，监狱就改变了我。我想起维奥莱塔早先说过的那句话：只需三天时间，外面的人就会把你忘得精光。

我从奥罗拉背上取下那只气罐，让她在长椅上坐下，脸冲着我。我把她的脚放在我膝上，用我的针织衫将它们盖住。

现在我们俩都需要鞋子，我说。

事实上，在奥罗拉跟我讲述了有关葆拉的一切之后，现在我看着她，就仿佛她是通往监狱外面的大道，穿过墨西哥城的街道，经过那条黑色的公路，带我回家。

奥罗拉喝掉杯子里最后一口咖啡，将空杯子放到地上，然后抓起我的一只手。尽管奥罗拉比我年纪大，她看起来却像个孩子。她的手就像七岁孩子的手一样小。我握着它，就仿佛我要带着她过街。

奥罗拉继续跟我说话，好像我们俩头天的谈话仍在继续，没有因为疲惫不堪的瞌睡——毒气导致的瞌睡——而突然中断。

我们都无法相信，葆拉居然会逃跑，奥罗拉说，他会找到她的，她知道，他最终会找到她的，她知道。

我认为他没有找到她，我回答，葆拉和她妈妈失踪了，她们离开了家，在什么地方藏了起来，没人知道她们藏到哪里了。

奥罗拉从我手里抽出自己的手，抱着自己的胃部，就好像她胃疼似的。

你不明白，她说。

什么？

我胃疼，头也疼。

这里有医生吗？

只有星期一才有。我不想看医生。他可能会禁止我去消毒，那样的话我怎么挣钱呢？

它让你生病。

它让我做梦和睡觉，可是你不明白，她把这句话重复一遍，蕾蒂戴，你不明白。

不明白什么？

奥罗拉抱着胃摇晃着。她的眼珠向后一转，我能够看到她的眼白。

听着，她低声耳语道。

听着，她再次低声耳语道。当你们杀死麦卡伦的时候，为什么把葆拉的小女儿也杀掉呢？为什么？

不好意思，我没听明白。你在说什么？

当你们杀麦卡伦，当你们杀胡安·雷·拉莫斯时，你知道的。你们在想些什么？当你们杀麦卡伦时，为什么把葆拉的小女儿也杀掉呢？为什么？

她说出的那些词语一动不动地停留在空中，就仿佛它们是用她肺里吸入呼出的有毒气体烹制的。我感觉自己似乎伸出手去就能抓住那些悬浮在空中的词语，然后像捏着干树叶一样在手中将它们捏碎。我能够尝出嘴里那股有毒气体的味道。

当你们杀麦卡伦时，为什么把葆拉的小女儿也杀掉呢？为什么？

我曾经看见那些搭在龙舌兰上晾晒的衣服。我想象一个小女孩如细枝般瘦小的胳膊从袖子里伸出来。两件衣服差不多已经干了，它们被热风掀起来，微微拂动。在龙舌兰旁边的地上，放着一只玩具小桶和一把玩具扫帚。

当你们杀麦卡伦时，为什么把葆拉的小女儿也杀掉呢？为什么？

鲜血可能会散发出玫瑰的香气。

当你们杀麦卡伦时，为什么把葆拉的小女儿也杀掉呢？为什么？

我闭上眼睛，向收音机祈祷。我向收音机里播放的那首歌曲祈祷，我曾经在阿卡普尔科一遍又一遍地听那首歌。我在打扫房子时听到它。我在海滩上听到它。我在玻璃底游船上听到它。我听到它。我听到它。我听到为胡安·雷·拉莫斯写的毒贩民谣：

即使已经死去，他仍在活人中拥有最高的权力，
　　即使已经死去，他仍在活人中拥有最高的权力。
那把杀死他的手枪也夺去了他女儿的生命，
　　你会看到他们活生生的幽灵，苍白如珍珠，
一起，手拉手，在公路上，
　　一起，手拉手，在公路上。
看在上帝的分上，你就别祈祷了，一个字都别说。
　　我们为那个被杀的男人和孩子唱歌。

25

周日清晨，大多数囚犯都早早醒来，为探监日做准备。女人们抹上指甲油，把头发梳成发髻，编成辫子，或者为了把头发拉直整晚戴着大夹子。甚至无人探视的囚犯也会梳妆打扮一番，以防万一。

不过，人人都知道，在女监外等候的探视者只排了短短一行队。而男监外那些探视者排的队却很长，一直排到了公路上，至少有十个街区那么长。探视者可能需要几个小时才能最终进入监狱看到自己的男人。

是卢娜告诉我这些的。

除此之外，就没有别的什么事情需要知道了，她说，谁都不来探视女人。人人都去探视那些男人。对于这个世界，我们还需要了解更多吗？

根据女监的规定，探视者首先会被带到院子里，半个小时后，囚犯才获准出来。

上午十一点钟，我们都在通往院子的走廊上排成一行。我被挤在卢娜和乔治娅中间。乔治娅嘴里有一大团泡泡糖，当她在嘴里咀嚼它时，我能听到啪啪的声音。

你还有泡泡糖吗？我问。

自从进来之后我就没刷过牙。

乔治娅从牛仔裤口袋里掏出一块粉红色的泡泡糖递给我。

谢谢你。

好好守住你的祈祷吧，她说，这世界上的每一种宗教都会在周日派人来这里，想偷走你的祈祷。

外面的院子已经完全变了样。它就像个游乐场，人人都穿着红色和黄色的衣服。监狱禁止探视者穿蓝色或米色衣服，以免不小心跟囚犯搞混。

院子里挤满了拎着篮子的人，里面放着食物和包着鲜艳包装纸的礼物。院子一边的长椅上有四个穿着白色教会服装的修女在等待。很多孩子在院子里跑来跑去。我甚至以为自己随时会看到一个卖气球的人或者卖棉花糖的小摊。

我扫视着衣服色彩单调的囚犯和衣服鲜艳的探视者，寻找我妈的身影。

我没有看到她。

她没来。

然后我看到我爸朝我走来。

我穿过丛林的树叶朝他走去。

当我走在木瓜树下并弄破一个个挡在路上的蜘蛛网时，那些蠹蜥都从我脚下闪开了。

我能够在周围的树木中闻到橙花的香味。

那人不是我爸。

玛丽亚张开双臂，这时我能够看到我妈那颗子弹给她上臂留下的丑陋的圆形伤疤，以及那一大块肉被打掉后留下的凹痕。我还能看见兔唇手术给她上唇留下的那道模糊的疤痕。

我走进她的怀抱里，她吻吻我的面颊。

我平生第一次想道，谢谢你，爸爸。谢谢你，爸爸。谢谢你到处睡女人，给我留下玛丽亚。

我抓住玛丽亚的手，带她来到院子的一侧，跟其他所有人都离得远远的。所有的长椅上都已经坐满人，于是我们就背靠那堵将男监与女监分开的围墙，坐在水泥地上。

我能够看到卢娜跟那些修女坐在一起，乔治娅和维奥莱塔正在跟一个穿着灰色职业装的女人说话。我没有看到奥罗拉的身影。

至少你在这里很安全，玛丽亚说。

玛丽亚告诉我，她妈妈已经死了。玛丽亚藏在地洞里，听一群人拿着机枪扫射他们家的房子和她妈妈的身体。

地洞救了我一命。想象一下吧，玛丽亚说，地洞救过人的命。

它也救过我一次。

树木和草地都染上她的血，玛丽亚继续说道，我知道，如果我抬头仰望，会看到天空也被她的血侵染。我知道月亮也被她的血侵染。将一直这样。

我抚摸着玛丽亚的头发，从头顶一直到脖子，长长的抚摸。玛丽亚颤抖着。

我好几天都不敢从地洞里钻出来。我从地洞里仰望天空，看到了那些秃鹫。

是的。

我能听见蚂蚁移动的声音。

是的。

过了四天，我渴得不行了，但我不能哭。

是的，我知道。

我是那么孤独。

是的。

我听见一个人说，你要感谢我们杀掉你。要不然你会死得更惨。

是的。

我妈妈知道我在地洞里。杀掉我吧，她说。

是的，你可以一直跟我讲下去，继续讲吧，我说。

我在那个地洞里待了好几天。当我抬头仰望时，天空被血侵染了。

然后你做了什么？

我跑到你妈妈的房子去。我还能去哪儿呢？我还能去哪儿呢？她照顾我，让我睡在你的床上。

我用双臂把玛丽亚搂在怀里。

这里的地真凉，她说。

是的，在这个地方，连太阳也是冷冰冰的。

我们晒着似有若无的阳光，坐在水泥地上。这时空中开始飘落起玻璃碎屑来。它们从星星上飘落下来。

院子里的每个人都抬头望着那些云朵。

四周顿时鸦雀无声。

那些碎屑飘落下来，孩子们伸出手接住。水晶般的粉末微微闪光。地面和所有东西的表面都覆盖上一层大雪般的玻璃碎屑。

波波卡特佩特火山把一团团火山灰撒到我们的监狱里。

26

一名高级狱警走进院子，宣布探视者必须离开，又告诉囚犯必须进入室内。火山灰里充满了微小的碎片，能够割伤你们的肺和眼睛。

玛丽亚和我站起来。我们黑色的头发因为火山灰而变成了灰色。

你知道葆拉生过一个孩子吗？是麦卡伦的。

不知道。

迈克杀死了葆拉的孩子。那天我跟他在一起。他也杀掉了麦卡伦。

玛丽亚用手盖住自己的嘴。她总是用这个动作遮掩她的兔唇。甚至在做过手术后，她也继续遮掩自己破裂的脸。

他们会找到我们的，她的声音从遮盖嘴巴的手指后面传来。

她的身体开始战栗起来。

当时我坐在迈克的车里，我说，我不知道详情，我没有进屋去。

你看到那个女孩没有?

我看到她的衣服了。我妈在哪里?

她在这儿。她在准备那些文件。你还不到十八岁。你不能待在这里头。

我会到少年监狱待上一年，然后回到这里。我了解所有这一切。监狱就是这样运作的，玛丽亚。

你明天就出去了。她不想看到自己的宝贝待在监狱里，就像丛林里的一只鸟儿，或者说就像一只野外的鹦鹉，被关进笼子里。她就是那么说的。这是她的原话。

现在她在哪儿?

在旅馆里。她让我告诉你，爱不是一种感觉，爱是牺牲。

是的。

我明天会见到你的。

好的。

躲在暗处。别惹什么麻烦。保持低调。

再见。

给你一块肥皂。

你能再给我点什么东西吗?

你要什么?

把你的耳坠给我。

玛丽亚戴着一对塑料做的珍珠耳坠。她没问我拿来做什么，我喜欢她这样。她一直这样。她从不问为什么。玛丽亚认为你知道自己在说些什么。

玛丽亚取下耳坠，把它们放进我手里。

明天见，她说。

玛丽亚站在那里，然后我望着她穿过这群劫匪犯和杀人犯朝出口走去。

她走在玻璃碎屑大雪中。

那天晚上我把耳坠送给了卢娜。

谢谢你，卢娜说，不要尝试编什么歌曲韵文，你知道，也明白自己在这里遭遇的一切就行。

27

诸神比我们想象中更愤怒，我妈说。

这是她对我说的第一句话。她没想让我回答。

在监狱外面，我穿过一片没有树木和花朵的大地。那是一个布满废弃衣物的地带，仿佛大地变成了布料。我走过囚犯们脱掉并扔在大街上的米色和蓝色织物。

火山灰仍然覆盖着大部分地表，我们的脚步在玻璃碎屑里留下一串串脚印。

我妈递给我一件红色针织衫。我把卢娜给我的那件破运动衫扔到地上，它成了那块蓝色与米色拼缀物的一部分。

在监狱外的停车场里，我妈已经叫了辆出租车等我们。玛丽亚坐在车上。我们钻进后排座椅坐在她旁边。我在她们俩中间。玛丽亚用胳膊搂着我。

到汽车南站，我妈对出租车司机说。

脱掉那双人字拖，我妈说。

她从包里拿出一双网球鞋，伸手脱下我脚上的拖鞋，就仿佛我是个小女孩。然后她把拖鞋扔出窗外，就仿佛它们是糖果包装纸。

我们要去哪里，妈妈?

我要去美国洗盘子，我妈说。

我们不打算在这里傻等，玛丽亚说，你今天晚些时候会跟社会服务部的人见一面，他们很可能会把你送到一个少管所。

一等你年满十八岁，他们就把你送回那所关押成年囚犯的笼子，我妈说。

我想起卢娜说的那些移民前往美国的事情。我仿佛看见我妈、玛丽亚和我游过那条河。

狗屁，想想《音乐之声》！我妈说，就跟电影里差不多。

就是，玛丽亚说。

我们要到美国去，我要去洗盘子。我会清洗所有的盘子，洗掉上面沾的所有牛排血和蛋糕糖衣。你会到别人家里当保姆。你和玛丽亚都能当保姆。我们绝不会告诉任何人自己来自哪里。

是的，玛丽亚说。

你知道为什么吗?

为什么？我问。

我们不会说出自己来自哪里，这很简单，我妈说，这很简单，因为没人会问。

妈妈，我说，我有东西要送给你，我偷了点东西给你。

我张开手掌，取下那枚钻戒递给她。她看着戒指，什么都没说。她把它戴到自己的手指上。

你让我爱上自己的手了，她说。

它很漂亮，玛丽亚说。

有人在这个国家布下天罗地网，我们掉到网里了，我妈说。

当我们的出租车穿过这座城市的街道，穿过车流以及大型卡车喷出的柴油尾气时，我望着我妈，她注视着那枚戒指，用手指轻抚那枚硕大的钻石。

沿着这条大道，清洁工们用手绢盖住嘴巴，正在清扫火山灰。他们把它装进巨大的黑色塑料垃圾袋里。那些袋子就像巨石一样堆积在每一个街角。

我有点事情需要告诉你们，我说，这辆出租车上有五个人。

我指指自己的肚子。

这里面有个宝宝，我说。

我妈连眼都没眨一下，也没有叹气或动弹，然后她亲亲我的面颊。玛丽亚亲亲我另一侧的面颊。

她们亲我了，但她们亲的不是我。

她们已经亲过我的孩子。

我妈说，但愿它是个男孩。

后 记

今日的墨西哥，女性会在枪口的威逼之下从街头或家里被绑架。有些女性出门上班、参加聚会，或者漫步到街角之后就一去不返。她们全都是年轻漂亮的贫穷姑娘。

我花了十多年时间倾听这些深受墨西哥暴力影响的女性诉说，因为我想为墨西哥毒品文化中的女性写点什么。对我而言，在创作了长篇小说《一个基于谎言的真实故事》（*A True Story Based on Lies*）后再走出这一步是合乎逻辑的反应。我采访了一些身为毒贩女友、妻子和女儿的女性，很快意识到墨西哥就像个兔子窝，供女性藏身的地方遍布全国。她们会躲藏在那些外表看似超市或杂货店的地方，但那里其实是挂着招牌、伪装成店铺的藏身之所。一些女性会带着孩子住在女修道院的地下室里，长年累月不见天日；一些女性会住在政府租用的私人旅馆里——这是一项颇具超现实主义色彩的第三世界证人保护计划。

在墨西哥乡村，贫穷的人家会在自己的玉米地里挖一些地洞，供家里的女孩躲避毒贩绑架。就仿佛他们把自己的女儿种植在泥土中，这样她们就不会被毒贩抢走了。

在墨西哥城的圣玛塔·阿卡迪特拉女子监狱，我见到一些深受当今墨西哥暴力犯罪影响或者参与暴力的女性，倾听她们的诉说。我与杀人凶手、毒贩、声称自己无辜的女人和一些犯罪的名人交谈，从中得知了她们残酷而又温柔的生活。在那座粗糙混凝土墙壁建成的监狱里，我看到一位七十多岁的老太太用贝壳、沙子和蓝色的鱼制作的图画，她曾在海边沙滩卖鱼肉卷，后来在毒贩逼迫下不得不越过墨西哥边境向美国运送毒品。她告诉我说，她喜欢偷监狱里的盐瓶，把盐抹到皮肤上，她就不会忘记大海。

我倾听过那些躲避于藏身之处或身陷囹圄的女性的诉说，也倾听过身为犯罪受害人的女性的诉说，然后就把墨西哥失踪的妇女儿童作为自己故事的主题了。

多年来，我曾多次听说或读到这样的句子：她失踪了；她再没回来；今天她应该满十六岁了；我祈求上天给我一个预兆；她仍然音信全无；有几个男人来抓她；如果我报警，警察会嘲笑我；她不过是出去走走，顺着大街走走；她从不打电话回来；她从不打电话；我仿佛能看到她从门口走进屋来；那个男人知道我女儿在哪儿；他还带走了别的女孩子；我感觉她仍然活着；有人派人把我女儿抢走了，有人派人把我女儿抢走了。

尽管没有准确的统计数据，但墨西哥国内遭到贩卖的女性确实数量庞大。根据美国国务院的数据，每年全球遭跨境贩卖的人口多达60万至80万。（注意，这个估算数据还不包括那些在国内遭到贩卖的人口。）大多数被拐骗绑架然后贩卖的人都遭到性交易或其他现代奴役手段的侵害，如强迫劳动、债务奴隶或拍摄色情电影等等。

一袋毒品只能出售一次，而一名女性却会被多次出售给不同的买家，甚至会作为妓女而每天被出售数十次。

《兔子洞女孩》是一部有关蕾蒂戴·加西亚·马蒂内斯的长篇小说。她属于一个被毒贩、政府农业政策和非法移民破坏的地区，这样的地区在墨西哥乡村比比皆是。蕾蒂戴的家在一度充满魅力的阿卡普尔科港口附近。她的故事虽然受到一些事实真相的启发，但其本身却是虚构的。

致　谢

本书的出版要感谢国家艺术基金会（National Endowment for the Arts）虚构作品奖以及墨西哥文艺创作者奖金（Sistema Nacional de Creadores de Arte）的支持。

文
景

Horizon

社科新知　文艺新潮

兔子洞女孩

[墨西哥] 詹妮弗·克莱门特 著

焦晓菊 译

出 品 人：姚映然

策划编辑：姜千蕊

责任编辑：张　晨

营销编辑：杨　朗

封扉设计：安克晨

出　　品：北京世纪文景文化传播有限责任公司

（北京朝阳区东土城路8号林达大厦A座4A　100013）

出版发行：上海人民出版社

印　　刷：北京盛通印刷股份有限公司

制　　版：北京大观世纪文化传媒有限公司

开 本：787mm×1092mm　1/32

印 张：9.75　　字 数：116,000　　插页：2

2019年10月第1版　　2019年10月第1次印刷

定 价：39.00元

ISBN：978-7-208-16016-3/I·1846

图书在版编目（CIP）数据

兔子洞女孩 /（墨）詹妮弗·克莱门特（Jennifer Clement）著；焦晓菊译．—上海：上海人民出版社，2019

书名原文：Prayers for the Stolen

ISBN 978-7-208-16016-3

Ⅰ.①兔… Ⅱ.①詹… ②焦… Ⅲ.①长篇小说–墨西哥–现代 Ⅳ.①I731.45

中国版本图书馆CIP数据核字（2019）第164877号